诗经 选

名画插图版

时光 / 编

中国出版集团
东方出版中心

导读

　　《诗经》是我国最早的一部诗歌集，辑录西周初年至春秋中叶的三百余篇诗歌，其中绝大多数诗篇的作者已不可考，但一般认为编订者为孔子；西汉时期被推崇为儒家经典之一，始称《诗经》，并与《尚书》《礼经》《乐经》《易经》《春秋》合称为"六经"。

　　《诗经》现存305篇，内容上共分《风》《雅》《颂》三部分：《风》收录周代以黄河流域为主的各地民歌160篇，包括《周南》《卫风》《秦风》《唐风》等在内的十五国风，题材丰富多样——吟咏爱情、歌颂劳动、征人思乡、反对压迫与劳役等等，它多使用民间歌谣的艺术手法，触物兴词，反复咏叹，是《诗经》中最为今人熟知的精华部分；《雅》是周人的正声雅乐，分《小雅》和《大雅》共105篇，其中《小雅》中的部分作品来自民间，除了贵族祭祀诗歌和盛筵歌谣外，也包含了一些讽刺社会政治的现实题材作品；《颂》由《周颂》《鲁颂》《商颂》三部分组成，为宫廷的祭祀乐歌和舞曲。

　　《诗经》在中国文学史上具有崇高的地位和深远的影响，除了在文化历史方面发挥重要作用之外，许多经典诗篇尤以其炽烈真切的情感和朴素优美的词句打动千年读者，成为历代传颂的名篇，"七月流火，九月授衣"，"采薇采薇，薇亦柔止"，"昔我往矣，杨柳依依。今我来思，雨雪霏霏"等等。而在美术史上，也多有绘画作品赋予这些诗句以更加具象的呈现方式，体现出不同时代、不同背景的艺术家对这一经典文本的不同解读。这些作品中，<u>尤以宋高宗和宋孝宗亲书、以马和之为代表的南宋画院画家配图的一系列《诗经图》最为经典</u>。

这一系列的《诗经图》采用左图右书的形式，高30厘米左右，以数篇为一长卷，现散落于北京故宫博物院、辽宁省博物馆、上海博物馆、美国大都会艺术博物馆等处。综观这一系列作品，小楷书法洒脱婉丽、自然流畅，颇得晋人神韵；配图则着色轻淡，活泼潇洒，体现出工整、细致、富于雅韵的宋代画院风格，给人以清俊闲雅的欣赏感受。本书从这一系列的作品中精选其中的六十余篇以飨读者，篇名和插图均取自原画作，并特别侧重展现文学性和欣赏性较强的《风》《雅》两部分，其中不乏《七月》《无衣》《鹿鸣》《采薇》《鸿雁》等名篇，以画意解诗意，以诗意求画意，期待可以从不同角度和层面拓展大家对这一经典文本的认识。

汉初传授《诗经》者有四家——齐人辕固、鲁人申培、燕人韩婴、赵人毛亨和毛苌。遗憾的是齐、鲁、燕三家诗久已失传，我们今天看到的《诗经》，则是毛诗一派的传本。《毛诗》对三百篇诗均做了题解，本书收录这一部分诗序，以辅助读者解读诗题。朱熹的《诗集传》是宋代诗学研究的集大成之作，它以理学为思想基础，同时兼顾《诗经》的文学特点，是《诗经》研究的又一座里程碑。本书也摘选了朱熹对每一篇章及诗三百的解释，可与《毛诗序》比照阅读。

目录

国风

唐风

蟋蟀	3
山有枢	5
扬之水	7
椒聊	9
绸缪	10
杕杜	13
羔裘	15
鸨羽	17
无衣	19
有杕之杜	21
葛生	23
采苓	25

陈风

宛丘	27
东门之枌	29
衡门	33
东门之池	34
东门之杨	37
墓门	41
防有鹊巢	43
月出	45
株林	47
泽陂	49

豳风

七月	51
鸱鸮	57
东山	58
破斧	63
伐柯	65
九罭	67
狼跋	71

小雅

鹿鸣	75	湛露	109	闵予小子	133
四牡	77	彤弓	111	访落	135
皇皇者华	79	菁菁者莪	115	敬之	137
常棣	80	鸿雁	117	小毖	139
伐木	83	庭燎	119	载芟	140
天保	84	白驹	121	良耜	145
采薇	88	黄鸟	123	丝衣	147
出车	92	我行其野	125	酌	149
杕杜	97	无羊	126	桓	151
鱼丽	99			赉	153
南有嘉鱼	101			般	155
南山有台	103				
蓼萧	105				

颂

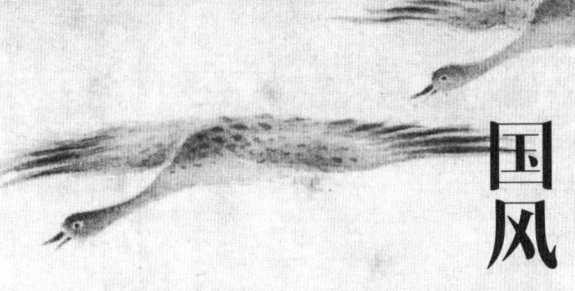

国风

国者,诸侯所封之域,
而风者,民俗歌谣之诗也。
谓之风者,以其被上之化以有言,
而其言又足以感人,如物因风之动以有声,
而其声又足以动物也。
是以诸侯采之以贡于天子,
天子受之而列于乐官,
于以考其俗尚之美恶,
而知其政治之得失焉。……

唐风

唐,国名。本帝尧旧都,在《禹贡》冀州之域,太行、恒山之西,大原、大岳之野,周成王以封弟叔虞为唐侯。南有晋水。至子燮乃改国号曰晋。后徙曲沃,又徙居绛。其地土瘠民贫,勤俭质朴,忧深思远,有尧之遗风焉。其诗不谓之晋而谓之唐,盖仍其始封之旧号耳。唐叔所都在今大原府,曲沃及绛皆在今绛州。

蟋蟀

蟋蟀在堂，岁聿其莫①。今我不乐，日月其除②。
无已大康，职思其居③。好乐无荒，良士瞿瞿④。

蟋蟀在堂，岁聿其逝。今我不乐，日月其迈⑤。
无已大康，职思其外。好乐无荒，良士蹶蹶⑥。

蟋蟀在堂，役车其休⑦。今我不乐，日月其慆⑧。
无已大康，职思其忧。好乐无荒，良士休休。

---

① 聿（yù）：语助词。
　莫：通"暮"。其莫：将尽。
② 除：过去。
③ 无：勿。已：甚。
　大（tài）康：过于享乐。
　职：还要。居：指所处职位。
④ 瞿瞿（jùjù）：警惕貌。
⑤ 逝、迈：过去、逝去。
⑥ 蹶蹶：敏捷状。
⑦ 役车：服役的车子。
⑧ 慆（tāo）：逝去。

《毛诗序》——
"《蟋蟀》，刺晋僖公也。俭不中礼，故作是诗以闵之，欲其及时以礼自娱乐也。此晋也，而谓之唐，本其风俗，忧深思远，俭而用礼，乃有尧之遗风焉。"

朱熹《诗集传》——
"唐俗勤俭，故其民间终岁劳苦，不敢少休。及其岁晚务闲之时，乃敢相与燕饮为乐，而言今蟋蟀在堂，而岁忽已晚矣。当此之时而不为乐，则日月将舍我而去矣。……"

山有枢

山有枢，隰有榆①。子有衣裳，弗曳弗娄②。
子有车马，弗驰弗驱。宛其死矣，他人是愉③。

山有栲，隰有杻④。子有廷内，弗洒弗扫⑤。
子有钟鼓，弗鼓弗考⑥。宛其死矣，他人是保⑦。

山有漆，隰有栗。子有酒食，何不日鼓瑟？
且以喜乐，且以永日。宛其死矣，他人入室。

① 枢（shū）：刺榆。
隰（xí）：低洼的湿地。
② 曳：拖。娄：提。泛指穿衣。
③ 宛：枯萎。愉：欢愉。
④ 栲（kǎo）：臭椿树。
杻（niǔ）：梓属树木。
⑤ 廷：同"庭"，庭院。 内：堂与室。
⑥ 考：敲击。
⑦ 保：占有。

《毛诗序》——
"《山有枢》，刺晋昭公也。不能修道以正其国，有财不能用，有钟鼓不能以自乐，有朝廷不能洒埽。政荒民散，将以危亡。四邻谋取其国家而不知，国人作诗以刺之也。"

朱熹《诗集传》——
"此诗盖以答前篇之意，而解其忧。故言山则有枢矣，隰则有榆矣，子有衣裳车马，而不服不乘，则一旦宛然已死，而他人取之以为己乐矣。盖言不可不及时为乐，然其忧愈深，而意愈蹙矣。"

扬之水

扬之水,白石凿凿①。
素衣朱襮②,从子于沃②。
既见君子,云何不乐③?

扬之水,白石皓皓。
素衣朱绣,从子于鹄④。
既见君子,云何其忧?

扬之水,白石粼粼。
我闻有命,不敢以告人!

① 凿凿:鲜明貌。
② 襮(bó):绣有黼文的衣领。为诸侯服饰特色。
   沃:曲沃,地名。
③ 君子:指晋昭公的叔父曲沃桓叔。
④ 绣:领上的五彩刺绣。
   鹄:曲沃的城邑。

《毛诗序》——
"《扬之水》,刺晋昭公也。昭公分国以封沃,沃盛强,昭公微弱,国人将判而归沃焉。"

朱熹《诗集传》——
"晋昭侯封其叔父成师于曲沃,是为桓叔。其后沃盛强而晋微弱,国人将判而归之,故作此诗。言水缓弱而石巉岩,以比晋衰而沃盛。故欲以诸侯之服,从桓叔于曲沃,且自喜其见君子而无不乐也。"

椒聊

椒聊之实，蕃衍盈升[1]。
彼其之子，硕大无朋[2]。
椒聊且，远条且[3]。

椒聊之实，蕃衍盈匊[4]。
彼其之子，硕大且笃。
椒聊且，远条且。

[1] 椒聊：花椒。花椒多子成串，以喻妇人多子。
蕃衍：繁盛。
[2] 无朋：无比。
[3] 且(jū)：语助词。
远条：指香气远扬。
[4] 匊：通"掬"，两手合捧。

《毛诗序》——
"《椒聊》，刺晋昭公也。君子见沃之盛强，能修其政，知其蕃衍盛大，子孙将有晋国焉。"

朱熹《诗集传》——
"'椒聊且，远条且'，叹其枝远而实益蕃也。此不知其所知，序亦以为沃也。"

绸缪

绸缪束薪，三星在天①。
今夕何夕，见此良人？
子兮子兮，如此良人何？

绸缪束刍，三星在隅②。
今夕何夕，见此邂逅③？
子兮子兮，如此邂逅何？

绸缪束楚，三星在户。
今夕何夕，见此粲者④？
子兮子兮，如此粲者何？

① 绸缪（chóumóu）：缠绕。喻夫妇同心，缠绵之意。
三星：即参星。
在天：十月。古时以仲春为婚期。在天，与下文的在隅、在户，均非婚期。
② 刍：青草。
③ 邂逅：原意爱悦，这里指志趣相投的爱人。
④ 粲：鲜明貌。指美人。

《毛诗序》——
"《绸缪》，刺晋乱也。国乱则婚姻不得其时焉。"

朱熹《诗集传》——
"国乱民贫，男女有失其时，而后得遂其婚姻之礼者。诗人叙其妇语夫之辞曰：方绸缪以束薪也，而仰见三星之在天，今夕不知其何夕也。而忽见良人之在此，既又自谓曰：子兮子兮，其将奈此良人何哉！喜之甚而自庆之辞也。"

杕杜

有杕之杜，其叶湑湑①。
独行踽踽②。岂无他人？不如我同父③。
嗟行之人，胡不比焉④？
人无兄弟，胡不佽焉⑤？

有杕之杜，其叶菁菁。
独行睘睘⑥。岂无他人？不如我同姓。
嗟行之人，胡不比焉？
人无兄弟，胡不佽焉？

① 杕（dì）：孤立貌。 杜：杜梨。
  湑湑（xǔxǔ）：形容茂盛。
② 踽踽（jǔjǔ）：形容孤独无依。
③ 同父：兄弟。
④ 比：亲近。
⑤ 佽（cì）：帮助。
⑥ 睘睘（qióngqióng）：通"茕茕"，
  孤独无依的样子。

《毛诗序》——
"《杕杜》，刺时也。君不能亲其宗族，骨肉离散，独居而无兄弟，将为沃所并尔。"

朱熹《诗集传》——
"此无兄弟者自伤其孤特而求助于人之辞。言杕然之杜，其叶犹湑湑然；人无兄弟，则独行踽踽，曾杜之不如矣。然岂无他人之可与同行也哉？特以其不如我兄弟，是以不免于踽踽耳。于是嗟叹：行路之人，何不闵我之独行而见亲，怜我之无兄弟而见助乎？"

羔裘

羔裘豹袪,自我人居居①。
岂无他人?维子之故②。

羔裘豹褎,自我人究究③。
岂无他人?维子之好。

① 豹袪(qū):即镶着豹皮的袖口。
② 维:惟。
③ 褎(xiù):同"袖"。
　居居、究究:傲慢。

《毛诗序》——
"《羔裘》,刺时也。晋人刺其在位,不恤其民也。"

朱熹《诗集传》——
"此诗不知所谓。不敢强解。"

鸨羽

肃肃鸨羽，集于苞栩①。
王事靡盬，不能蓺稷黍②。
父母何怙③？悠悠苍天，曷其有所？

肃肃鸨翼，集于苞棘④。
王事靡盬，不能蓺黍稷。
父母何食？悠悠苍天，曷其有极？

肃肃鸨行，集于苞桑。
王事靡盬，不能蓺稻粱。
父母何尝？悠悠苍天，曷其有常？

---

① 肃肃：鸨鸟翅膀扇动的声音。
　鸨（bǎo）：鸟名，似雁，但不善栖于木。
　苞：丛生。　栩：柞树。
② 盬（gǔ）：停息。　蓺（yì）：种植。
③ 怙（hù）：依靠。
④ 棘：酸枣树。

《毛诗序》——
"《鸨羽》，刺时也。昭公之后，大乱五世，君子下从征役，不得养其父母，而作是诗也。"

朱熹《诗集传》——
"民从征役，而不得养其父母，故作是诗。言鸨之性不树止，而今乃飞集于苞栩之上。如民之性本不便于劳苦，今乃久从征役，而不得耕田以供子职也。悠悠苍天，何时使我得其所乎？"

無衣

岂曰无衣七兮?
不如子之衣,安且吉兮①!

岂曰无衣六兮②?
不如子之衣,安且燠兮③!

① 安:舒适。 吉:美观。
② 六、七:泛指衣物之多。
③ 燠(yù):温暖。

《毛诗序》——
"《无衣》,美晋武公也。武公始并晋国,其大夫为之请命乎天子之使,而作是诗也。"

朱熹《诗集传》——
"《史记》,曲沃桓叔之孙武公伐晋,灭之。尽以其宝器赂周釐王。王以武公为晋君,列于诸侯。此诗盖述其请命之意。言我非无是七章之衣也,而必请命者,盖以不如天子之命服之为安且吉也。盖当是时,周室虽衰,典刑犹在。武公既负弑君篡国之罪,则人得讨之,而无以自立于天地之间。故赂王请命,而为说如此。然其倨慢无礼,亦已甚矣。釐王贪其宝玩,而不思天理民彝之不可废,是以诛讨不加,而爵命行焉,则王纲于是乎不振,而人纪或几乎绝矣。呜呼痛哉!"

有杕之杜

有杕之杜，生于道左①。
彼君子兮，噬肯适我②。
中心好之，曷饮食之③？

有杕之杜，生于道周。
彼君子兮，噬肯来游④。
中心好之，曷饮食之？

① 杕（dì）：孤立貌。 杜：杜梨。
② 噬：何。 适：到，往。
③ 曷（hé）：同"盍"，何不。
④ 游：指来看我。

《毛诗序》——
"《有杕之杜》，刺晋武公也。武公寡特，兼其宗族，而不求贤以自辅焉。"

朱熹《诗集传》——
"此人好贤，而恐不足以致之。故言此杕然之杜，生于道左，其荫不足以休息，如己之寡弱，不足恃赖，则彼君子者，亦安肯顾而适我哉！然其中心好之，则不已也。但无自而得饮食之耳。夫以好贤之心如此，则贤者安有不至，而何寡弱之足患哉？"

葛生

葛生蒙楚，蔹蔓于野①。
予美亡此，谁与独处！

葛生蒙棘，蔹蔓于域②。
予美亡此，谁与独息！

角枕粲兮，锦衾烂兮③。
予美亡此，谁与独旦④！

夏之日，冬之夜⑤。
百岁之后，归于其居。

冬之夜，夏之日。
百岁之后，归于其室⑥。

---

① 蒙：覆盖。 楚：荆树。
　蔹（liǎn）：白蔹。蔓生植物。
② 域：坟地。
③ 角枕、锦衾：牛角枕、锦缎被褥。均为敛尸用品。
④ 独旦：独处到天亮。
⑤ 夏之日，冬之夜：夏日长，冬夜长。尤指时间漫长。
⑥ 其居、其室：指亡者的墓穴。

《毛诗序》——
"《葛生》，刺晋献公也。好攻战，则国人多丧矣。"

朱熹《诗集传》——
"妇人以其夫久从征役而不归，故言葛生而蒙于楚，蔹生而蔓于野，各有所依托。"
"夏日冬夜，独居忧思，于是为切。然君子之归无期，不可得而见矣，要死而相从耳。"

采苓

采苓采苓,首阳之巅①。人之为言,苟亦无信②。
舍旃舍旃,苟亦无然③。人之为言,胡得焉④!

采苦采苦,首阳之下⑤。人之为言,苟亦无与⑥。
舍旃舍旃,苟亦无然。人之为言,胡得焉!

采葑采葑,首阳之东⑦。人之为言,苟亦无从。
舍旃舍旃,苟亦无然。人之为言,胡得焉!

① 苓:甘草。
② 为言:伪言。苟:确实。
③ 旃(zhān):之。舍旃:舍弃它,放弃它。无然:不要以为然。
④ 胡:何。
⑤ 苦:苦菜。
⑥ 无与:不要赞同。
⑦ 葑(fēng):芜菁,即芥菜。

《毛诗序》——
"《采苓》,刺晋献公也。献公好听谗焉。"

朱熹《诗集传》——
"此刺听谗之诗。言子欲采苓于首阳之巅乎?然人之为是言以告子者,未可遽以为信也。姑舍置之,而无遽以为然。徐察而审听之,则造言者无所得而谗止矣。"

陈风

陈,国名,太皞伏羲氏之墟,在《禹贡》豫州之东。其地广平,无名山大川。西望外方,东不及孟诸。周武王时,帝舜之胄有虞阏父为周陶正,武王赖其利器用,与其神明之后,以元女大姬妻其子满,而封之于陈,都于宛丘之侧。与黄帝、帝尧之后共为三恪,是为胡公。大姬妇人尊贵,好乐巫觋歌舞之事,其民化之。今之陈州,即其地也。

宛丘

子之汤兮，宛丘之上兮①。
洵有情兮，而无望兮②。

坎其击鼓，宛丘之下③。
无冬无夏，值其鹭羽④。

坎其击缶，宛丘之道⑤。
无冬无夏，值其鹭翿⑥。

① 子：你，指跳舞的女巫。
  汤：同"荡"，指摇摆舞动的样子。一说放荡。
  宛丘：陈国山名。
② 洵：信。 望：德望。一说希望。
③ 坎：击鼓声。
④ 无：不管，不论。 值：持或戴。
  鹭羽：用鹭鸶的羽毛做成的或持或戴的舞蹈道具。
⑤ 缶：一种瓦制的打击乐器。
⑥ 鹭翿（dào）：用鹭羽制作的舞蹈道具。

《毛诗序》——
"《宛丘》，刺幽公也。淫荒昏乱，游荡无度焉。"

朱熹《诗集传》——
"国人见此人常游荡于宛丘之上，故叙其事以刺之。言虽信有情思而可乐矣，然无威仪可瞻望也。"

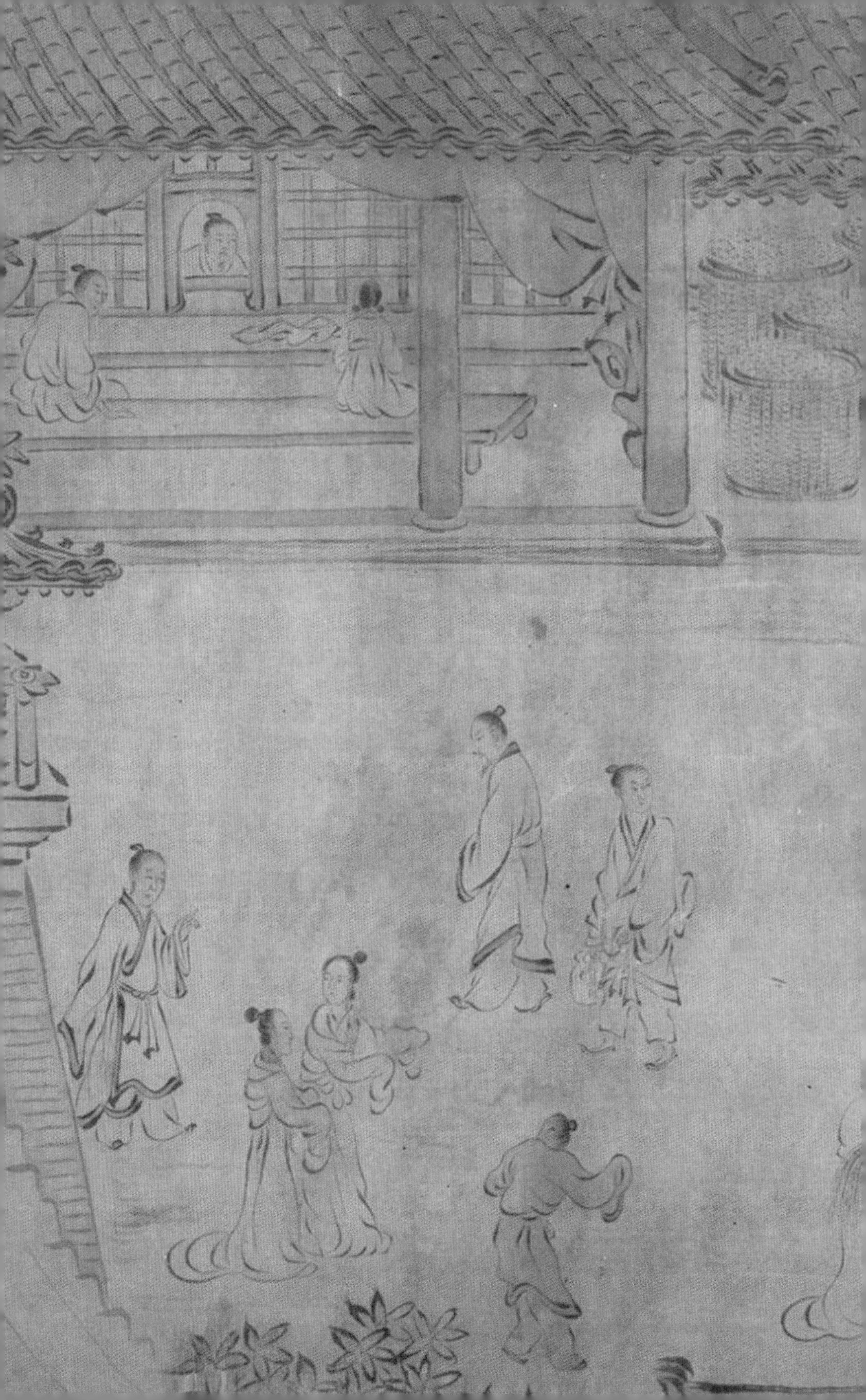

东门之枌

东门之枌，宛丘之栩①。
子仲之子，婆娑其下②。

榖旦于差，南方之原③。
不绩其麻，市也婆娑④。

榖旦于逝，越以鬷迈⑤。
视尔如荍，贻我握椒⑥。

① 东门：陈国城门，宛丘附近。
　枌：白榆树。　栩（xǔ）：柞树。
② 子仲：一姓氏。　子：女儿。
　婆娑：指舞蹈。
③ 榖：好、善。　差（chāi）：选择。
④ 市：集市，闹市。
⑤ 逝：往。　越以：发语词，于以。
　鬷（zōng）：同"总"，会合，聚集。
　迈：走，行。
⑥ 荍（qiáo）：植物名，锦葵。
　握：一把。　椒：花椒。

《毛诗序》——
"《东门之枌》，疾乱也。幽公淫荒，风化之所行，男女弃其旧业，亟会于道路，歌舞于市井尔。"

朱熹《诗集传》——
"此男女聚会歌舞，而赋其事以相乐也。"

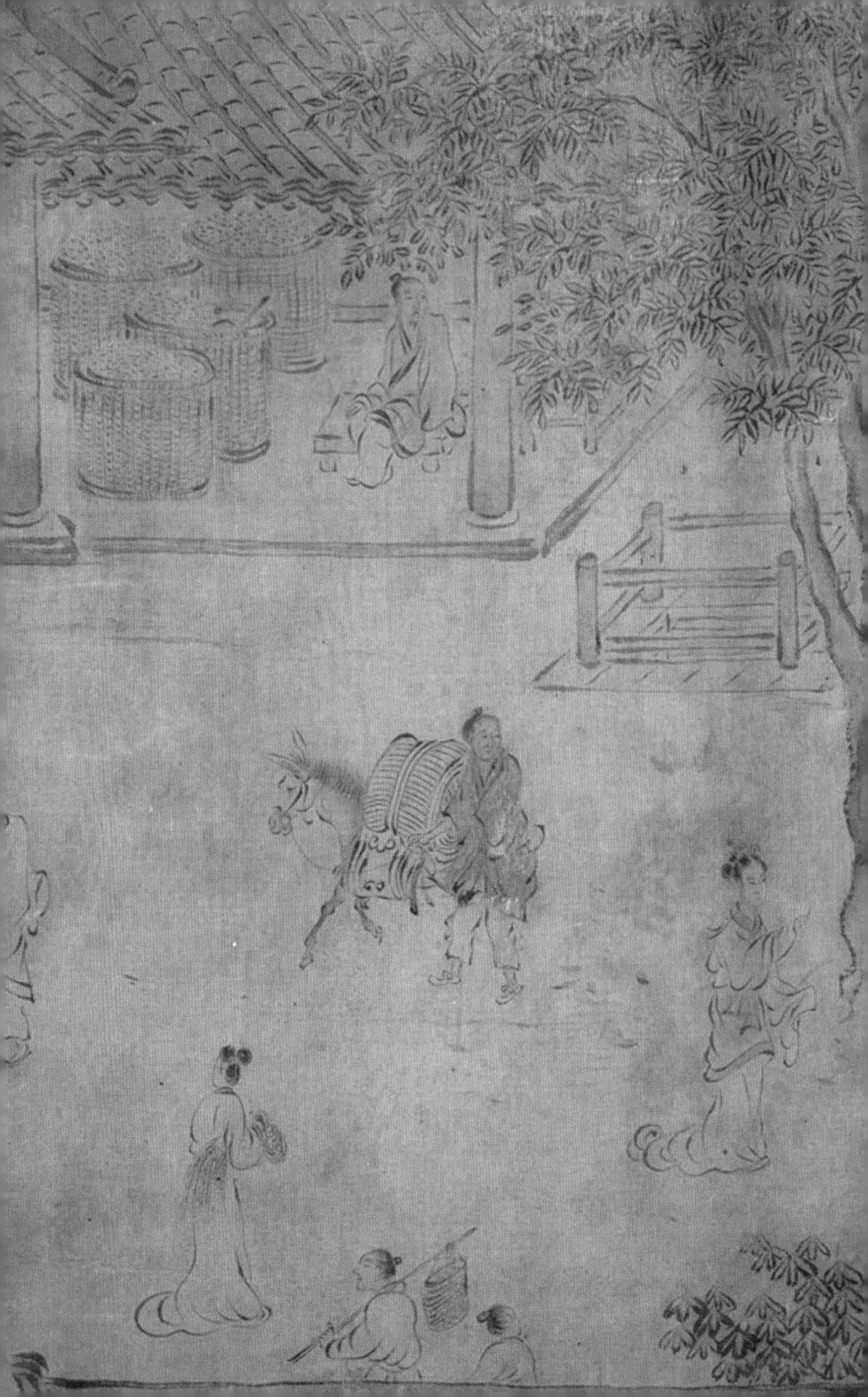

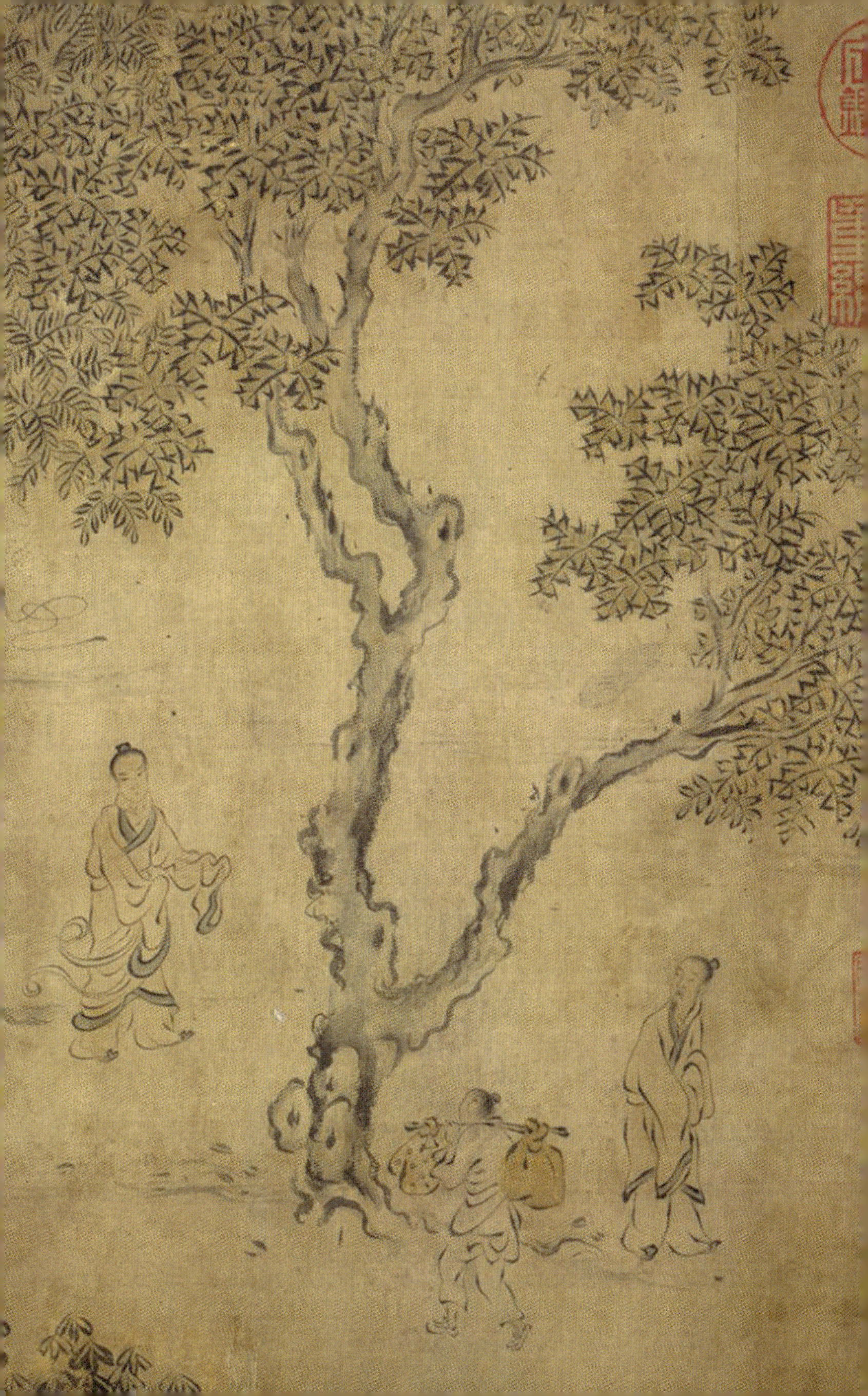

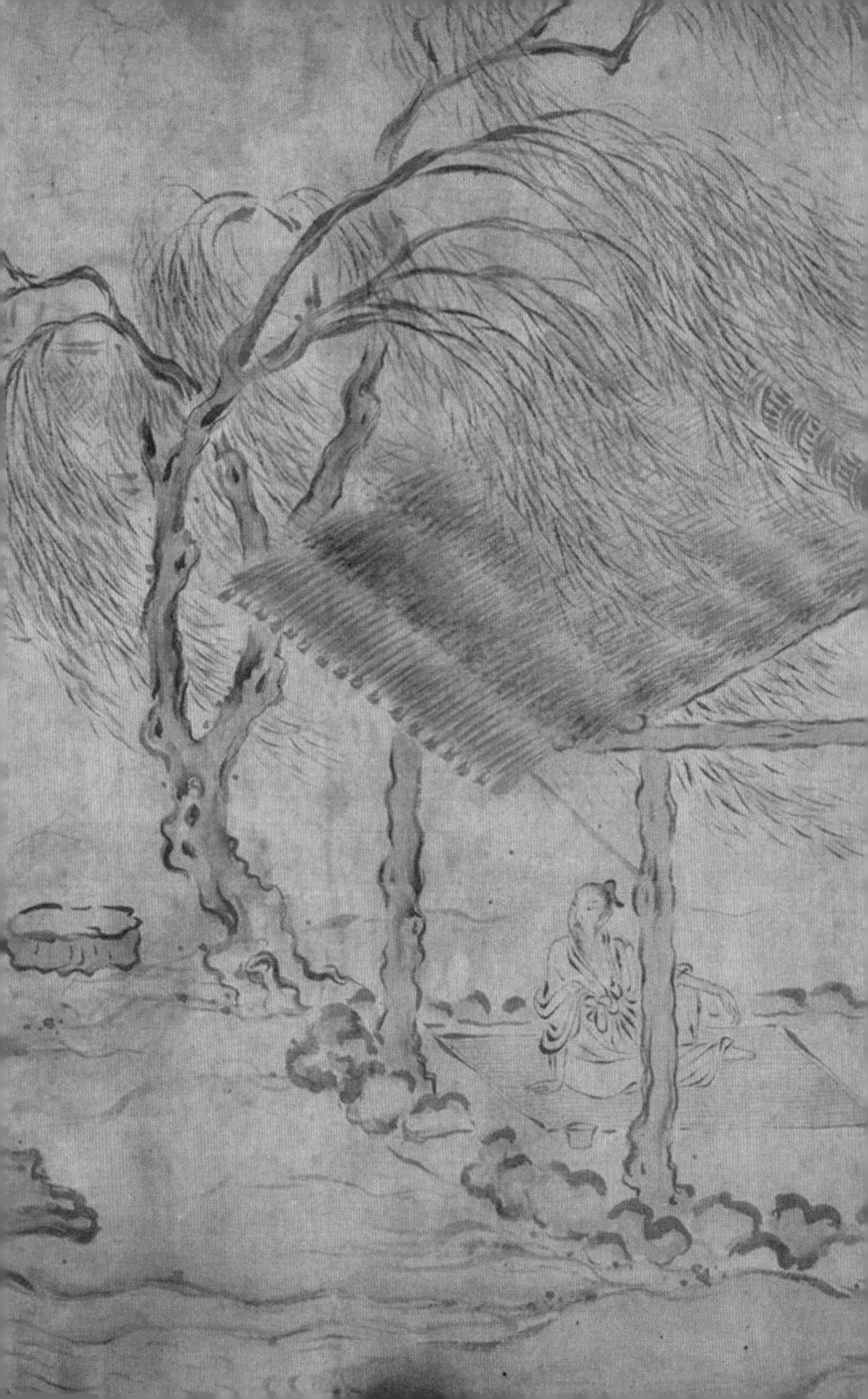

衡门

衡门之下，可以栖迟①。
泌之洋洋，可以乐饥②。

岂其食鱼，必河之鲂③？
岂其取妻，必齐之姜④？

岂其食鱼，必河之鲤？
岂其取妻，必宋之子⑤？

① 衡：通"横"。代指简陋的房屋。
　　栖迟：栖息，安居。
② 泌（bì）：陈国的泉水名。
　　洋洋：水流动的样子。
　　乐饥："乐"，古语亦作"疗"。乐饥，即疗饥。
③ 鲂（fáng）：鱼名，被认为是鱼中上品。
④ 取：通"娶"。
⑤ 齐之姜、宋之子：指代贵族女子。

《毛诗序》——
"《衡门》，诱僖公也。愿而无立志，故作是诗以诱掖其君也。"

朱熹《诗集传》——
"此隐居自乐，而无求者之词。言横门虽浅陋，然亦可游息。泌水虽不可饱，然亦可以玩乐而忘饥也。"

东门之池

东门之池，可以沤麻①。
彼美淑姬，可与晤歌②。

东门之池，可以沤纻③。
彼美淑姬，可与晤语。

东门之池，可以沤菅④。
彼美淑姬，可与晤言。

① 沤：长时间浸泡。
② 淑：一作"叔"，对妇女的美称。
　　晤歌：对歌。
③ 纻（zhù）：通"苎"，苎麻。
④ 菅（jiān）：菅草，质地柔韧可搓绳。

《毛诗序》——
"《东门之池》，刺时也。疾其君子淫昏，而思贤女以配君子也。"

朱熹《诗集传》——
"此亦男女会遇之词。盖因其会遇之地、所见之物以起兴也。"

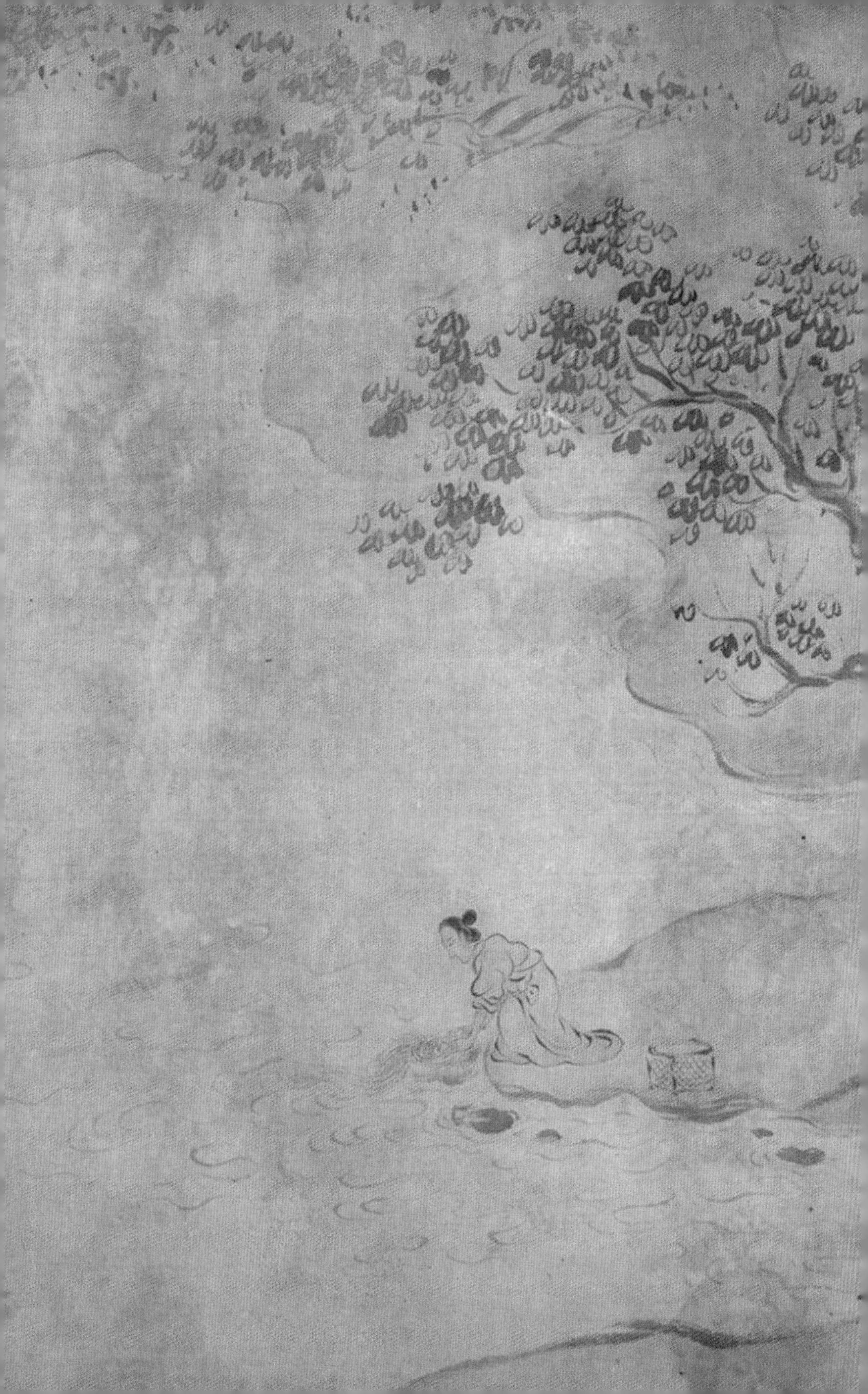

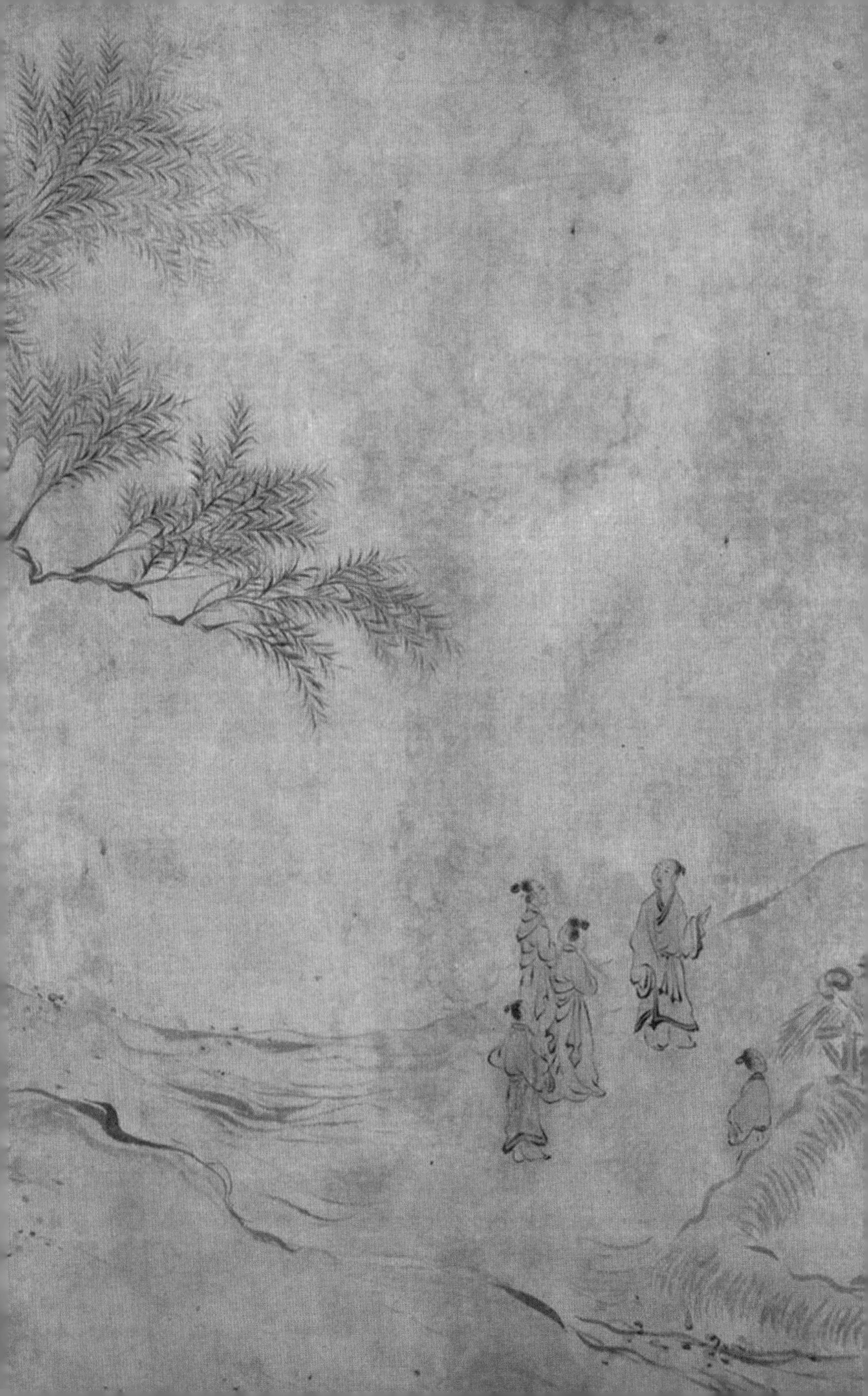

东门之杨

东门之杨，其叶牂牂①。
昏以为期，明星煌煌②。

东门之杨，其叶肺肺③。
昏以为期，明星晢晢④。

① 牂牂（zāngzāng）：风吹树叶的响声。
  一说枝叶茂盛。
② 昏：黄昏。 明星：即启明星。
  煌煌：明亮的样子。
③ 肺肺（pèipèi）：意同"牂牂"。
④ 晢晢（zhézhé）：明亮貌，同"煌煌"。

《毛诗序》——
"《东门之杨》，刺时也。昏姻失时，男女多违。亲迎，女犹有不至者也。"

朱熹《诗集传》——
"此亦男女期会，而有负约不至者，故因其所见以起兴也。"

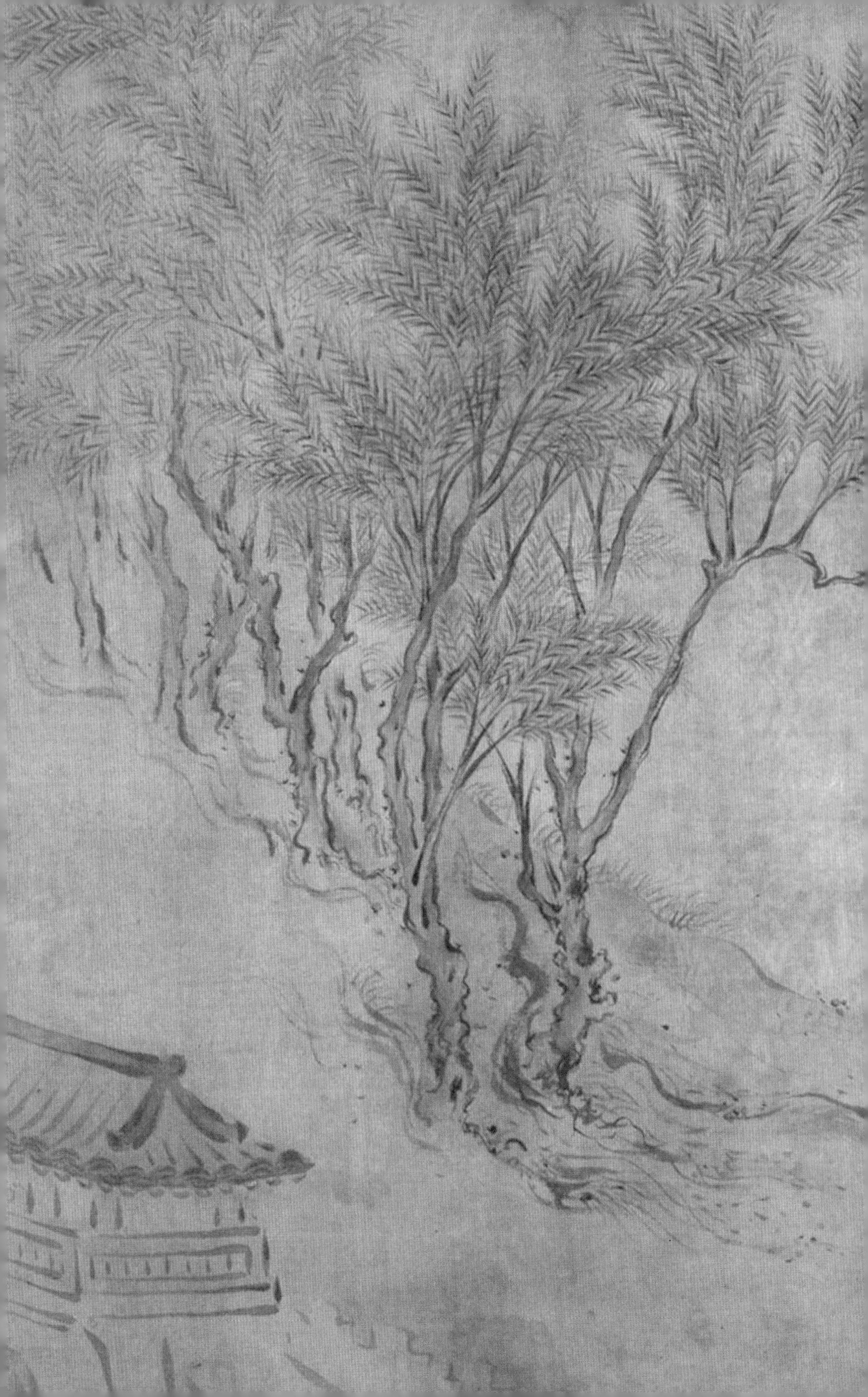

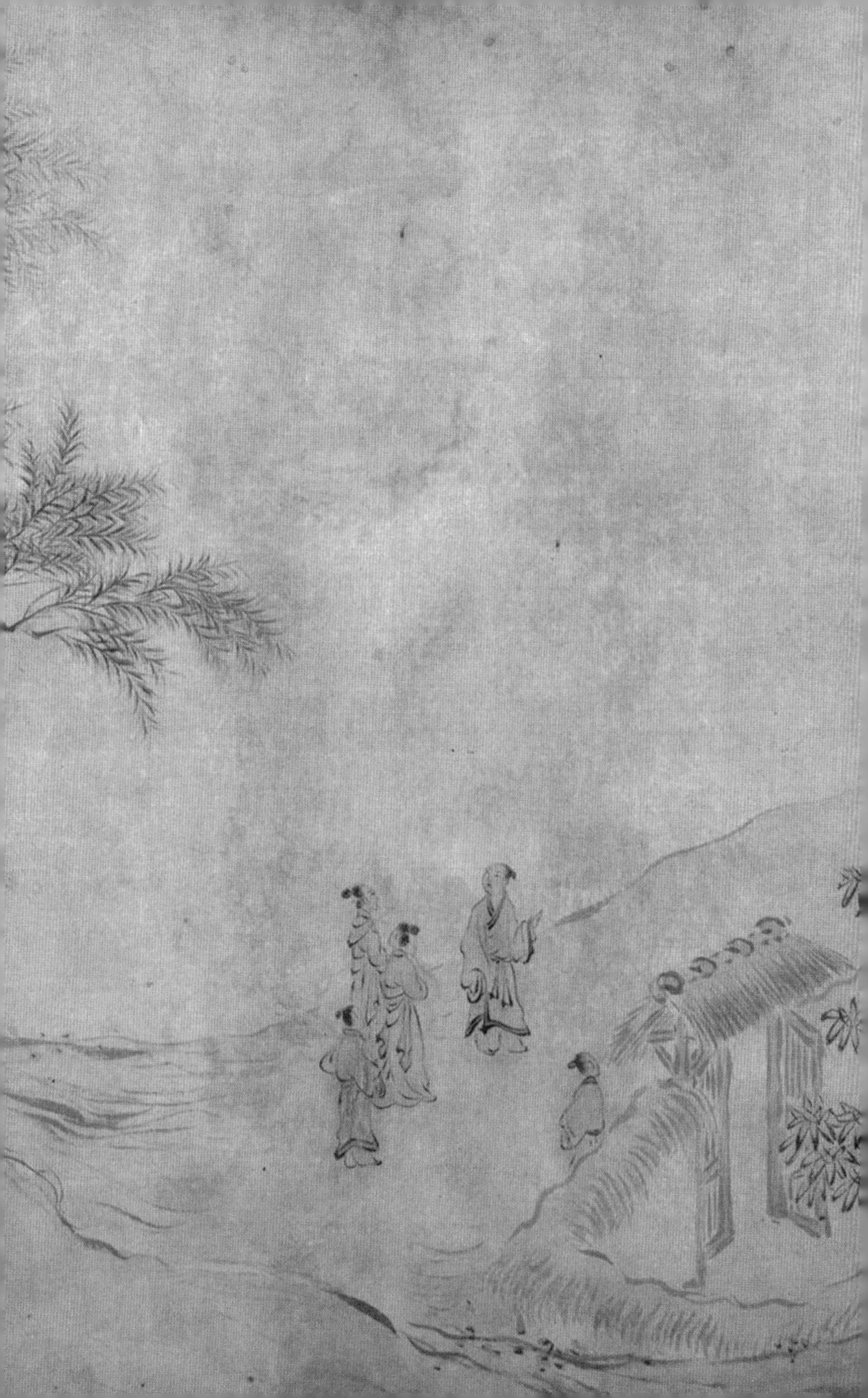

墓门

墓门有棘,斧以斯之①。
夫也不良,国人知之②。
知而不已,谁昔然矣③。

墓门有梅,有鸮萃止④。
夫也不良,歌以讯之⑤。
讯予不顾,颠倒思予⑥。

① 墓门:墓道的门。一说为陈国城门。
棘:酸枣树。 斯:劈开。
② 夫:指本诗讽刺的陈陀。
③ 不已:不改。 谁昔:畴昔、过去。
然:这样。
④ 梅:古文作"棶",与"棘"字形近,
一说此处为误,应为"棘"字。
鸮(xiāo):鸟名,古人视其为恶鸟。
萃:歇息。
⑤ 讯:亦作"谇",劝诫之意。
⑥ 讯予:即"予讯"。

《毛诗序》——
"《墓门》,刺陈陀也。陈陀无良师傅,以至于不义,恶加于万民焉。"

朱熹《诗集传》——
"言墓门有棘,则斧以斯之矣。此人不良,则国人知之矣。国人知之,而犹不自改,则自畴昔而已然,非一日之积矣。所谓'不良'之人,亦不知其何所指也。"

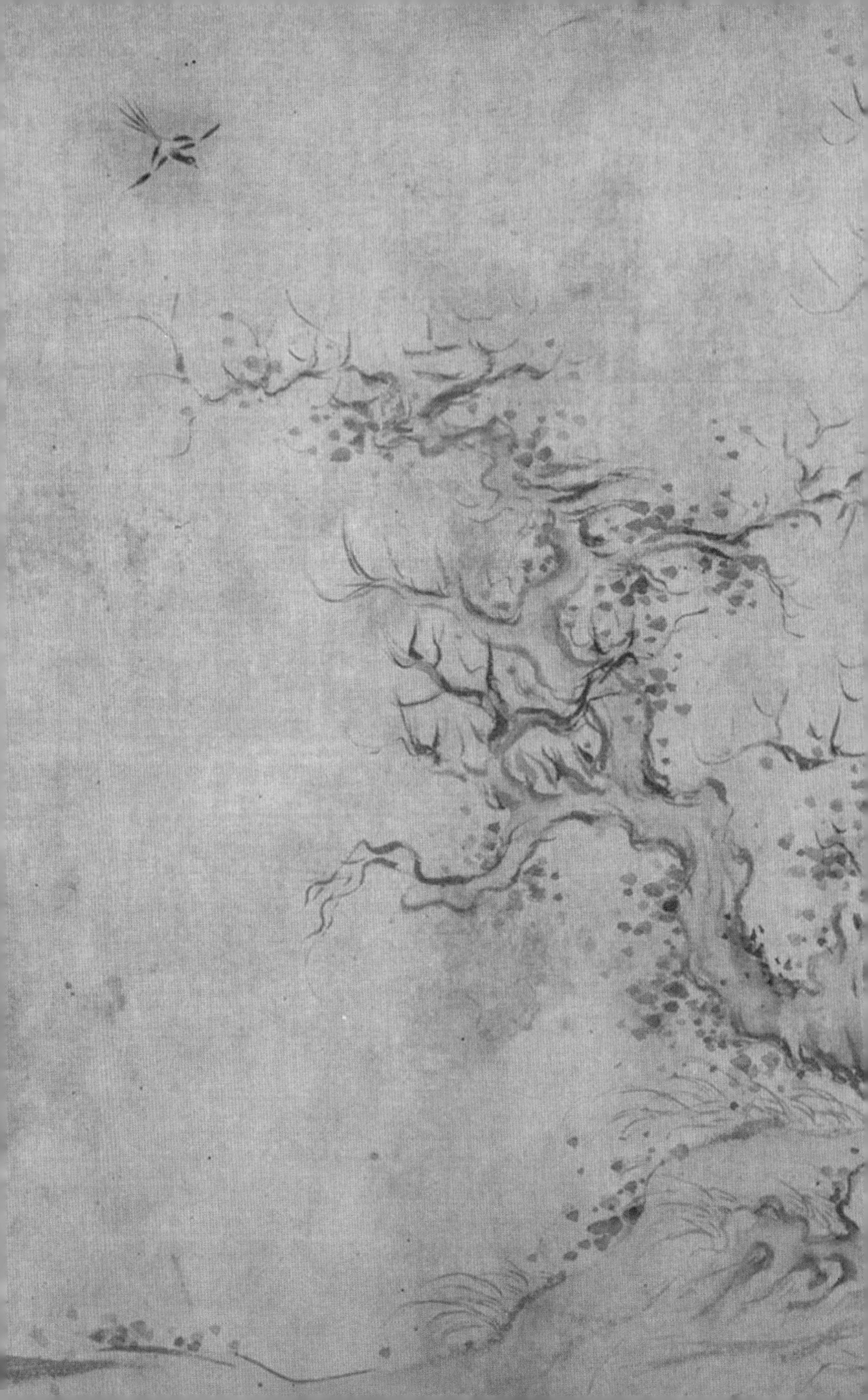

防有鹊巢

防有鹊巢，邛有旨苕①。
谁侜予美？心焉忉忉②。

中唐有甓，邛有旨鹝③。
谁侜予美？心焉惕惕④。

① 防：堤坝。 邛（qióng）：土丘。
　 旨：美味的。 苕（tiáo）：一种蔓生植物。
② 侜（zhōu）：欺骗。 予美：所爱之人。
　 忉忉（dāodāo）：忧愁苦恼。
③ 中唐：中庭内的大路。
　 甓（pì）：砖瓦。
　 鹝（yì）：绶草，生于阴湿处。
④ 惕惕：提心吊胆貌。

《毛诗序》——
"《防有鹊巢》，忧谗贼也。宣公多信谗，君子忧惧焉。"

朱熹《诗集传》——
"此男女之有私，而忧或间之之词。故曰：防则有鹊巢矣，邛则有旨苕矣。今此何人，而侜张予之所美，使我忧之而至于忉忉乎？"

月出

月出皎兮，佼人僚兮①。
舒窈纠兮，劳心悄兮②。

月出皓兮，佼人懰兮③。
舒忧受兮，劳心慅兮④。

月出照兮，佼人燎兮。
舒夭绍兮，劳心惨兮⑤。

① 皎：明亮光洁。　佼：美好。
　 僚：通"嫽"，美好貌。
② 窈纠：体态婉转窈窕的样子。　悄：忧愁貌。
③ 懰（liú）：美貌。
④ 受：舒迟貌。　慅（cǎo）：忧虑。
⑤ 夭绍：形容姿态轻盈。

《毛诗序》——
"《月出》，刺好色也。在位不好德，而说美色焉。"

朱熹《诗集传》——
"此亦男女相悦而相念之辞。言月出则皎然矣，佼人则僚然矣。安得见之而舒窈纠之情乎？是以为之劳心而悄然也。"

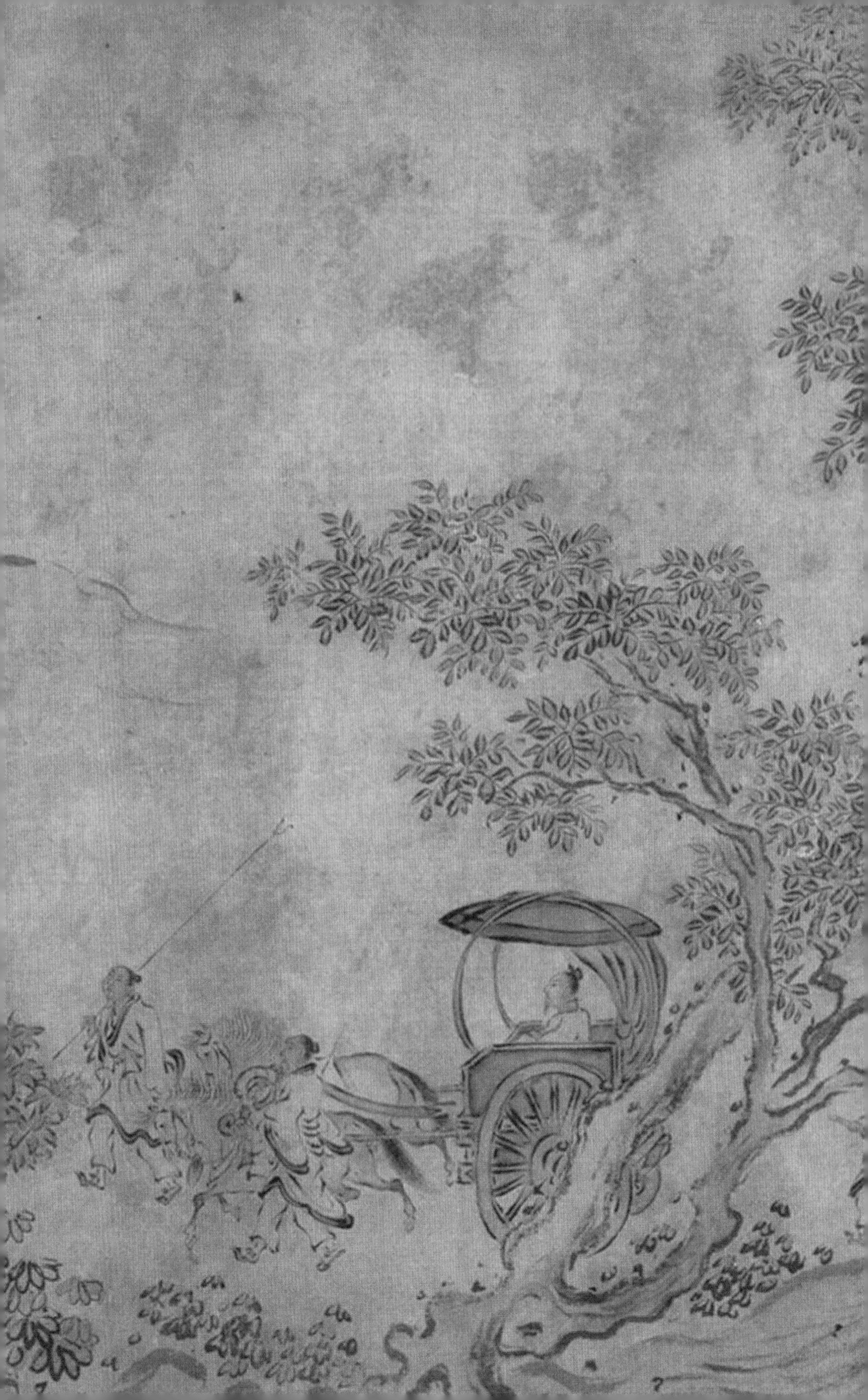

株林

胡为乎株林？从夏南①。
匪适株林，从夏南②。

驾我乘马，说于株野③。
乘我乘驹，朝食于株④。

① 株：陈国邑名。一说株林为陈国司马
  夏御叔之妻夏姬住处。
  夏南：夏姬之子。
② 匪：不，非。 适：去，往。
③ 我：代指陈灵公。 说（shuì）：停息。
  株野：株邑之郊野。
④ 朝食：吃早饭。

《毛诗序》——
"《株林》，刺灵公也。淫乎夏姬，驱驰而往，朝夕不休息焉。"

朱熹《诗集传》——
"灵公淫于夏徵舒之母，朝夕而往夏氏之邑，故其民相与语曰：君胡为乎株林乎？曰：从夏南耳。然则非适株林也，特以从夏南耳。盖淫乎夏姬，不可言也，故以从其子言之。诗人之忠厚如此。"

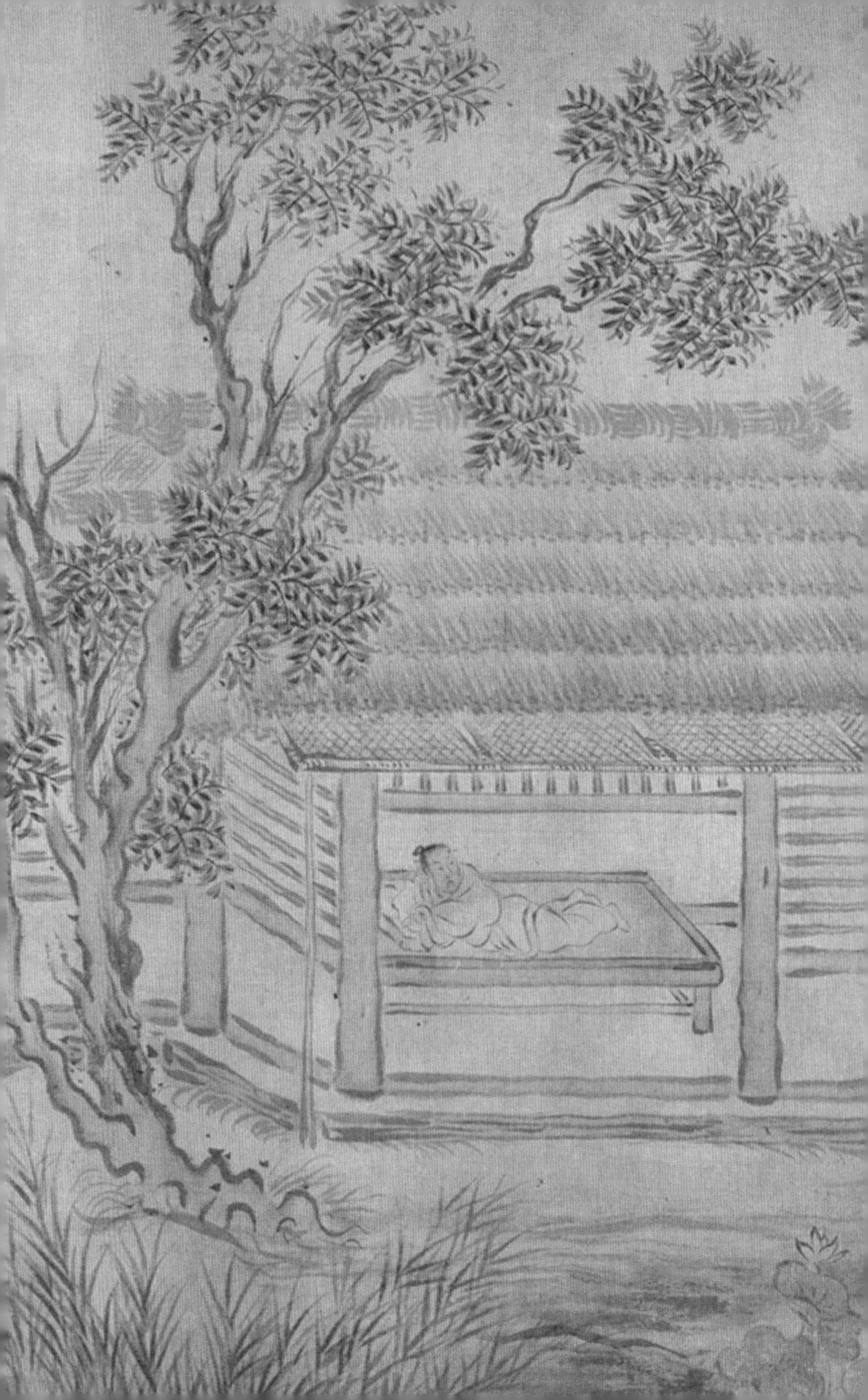

泽陂

彼泽之陂，有蒲与荷①。
有美一人，伤如之何②！
寤寐无为，涕泗滂沱③。

彼泽之陂，有蒲与蕳④。
有美一人，硕大且卷⑤。
寤寐无为，中心悁悁⑥。

彼泽之陂，有蒲菡萏⑦。
有美一人，硕大且俨⑧。
寤寐无为，辗转伏枕。

① 泽：池塘。　陂（bēi）：堤岸。
② 伤：亦作"阳"，女子代称。
③ 寤寐：醒来睡着。
④ 蕳（jiān）：莲。
⑤ 卷（quán）：美好貌。一说头发卷。
⑥ 悁悁（yuānyuān）：忧愁的样子。
⑦ 菡萏（hàndàn）：荷花。
⑧ 俨：端庄貌。

《毛诗序》——
"《彼泽》，刺时也。言灵公君臣淫于其国，男女相说，忧思感伤焉。"

朱熹《诗集传》——
"此诗大旨与《月出》相类。言彼泽之陂，则有蒲与荷矣。有美一人，而不可见，则虽忧伤，而如之何哉！寤寐无为，涕泗滂沱而已矣。"

豳风

豳，国名。在《禹贡》雍州岐山之北，原隰之野。虞、夏之际，弃为后稷，而封于邰。及夏之衰，弃稷不务，弃子不窋失其官守，而自窜于戎狄之间。不窋生鞠陶，鞠陶生公刘，能复修后稷之业，民以富实。乃相土地之宜，而立国于豳之谷焉。十世而大王徙居岐山之阳，十二世而文王始受天命，十三世而武王遂为天子。武王崩，成王立，年幼不能莅阼，周公旦以冢宰摄政，乃述后稷、公刘之化，作诗一篇以戒成王，谓之《豳风》。而后人又取周公所作，及凡为周公而作之诗以附焉。豳在今邠州三水县，邰在今京兆府武功县。

七月

七月流火,九月授衣①。一之日觱发,二之日栗烈②。
无衣无褐,何以卒岁③?三之日于耜,四之日举趾④。
同我妇子,馌彼南亩,田畯至喜⑤。

七月流火,九月授衣。春日载阳,有鸣仓庚⑥。
女执懿筐,遵彼微行,爰求柔桑⑦。
春日迟迟,采蘩祁祁⑧。女心伤悲,殆及公子同归⑨。

① 七月流火:夏历七月进入秋季,火星自西向下行,谓之流火。
授衣:裁制冬衣。
② 一之日:即夏历十一月,周历正月。下文二之日、三之日等可顺推。
觱(bì)发:寒风触物声。 栗烈:同"凛冽"。
③ 褐:粗布衣。
④ 于耜(sì):修理农具。
举趾:指下田耕作。
⑤ 馌(yè)彼南亩:送饭到田地。
田畯(jùn):农官名。
⑥ 春日:夏历三月。 载:始。
阳:温暖。 仓庚:黄莺。
⑦ 懿:深。 微行:小路。 柔桑:嫩桑叶。
⑧ 迟迟:指春天白日长。 蘩(fán):白蒿。
祁祁:(采蘩者)众多。
⑨ 殆及公子同归:害怕被豳公公子带走作侍妾。一说怕被豳公女儿带走陪嫁。

七月流火，八月萑苇⑩。蚕月条桑，取彼斧斨⑪。
以伐远扬，猗彼女桑⑫。七月鸣鵙，八月载绩⑬。
载玄载黄，我朱孔阳，为公子裳。

四月秀葽，五月鸣蜩⑭。八月其获，十月陨萚⑮。
一之日于貉，取彼狐狸，为公子裘。
二之日其同，载缵武功⑯。言私其豵，献豜于公⑰。

五月斯螽动股，六月莎鸡振羽⑱。
七月在野，八月在宇，九月在户，十月蟋蟀入我床下。
穹窒熏鼠，塞向墐户⑲。嗟我妇子，曰为改岁，入此室处⑳。

⑩ 萑（huán）苇：芦苇类的植物。
⑪ 蚕月：指三月。
条桑：修剪桑树枝。 斨（qiāng）：方孔之斧。
⑫ 远扬：指长得太长太高的枝条。
猗（yǐ）彼女桑：拉着桑枝采嫩桑叶。
⑬ 鵙（jué）：伯劳鸟。
⑭ 葽（yāo）：植物名，今名远志。
蜩（tiáo）：蝉。
⑮ 陨萚（tuò）：落叶。
⑯ 同：指狩猎之前众人会合。
缵（zuǎn）：继续。 武功：指田猎。
⑰ 豵（zōng）：小猪，此处泛指小兽。
豜（jiān）：三岁大猪，泛指大兽。
⑱ 斯螽（zhōng）：亦名螽斯，蝗类。
莎鸡：虫名，今名纺织娘。
⑲ 穹窒熏鼠：将满塞的房间搬空之后熏赶老鼠。
向：朝北的窗户。 墐：指用泥抹寒窗以御寒。
⑳ 曰：语助词。 改岁：新年将至。
㉑ 郁：植物名，郁李。 薁（yù）：野葡萄。
亨：同"烹"。 菽（shū）：大豆。
㉒ 剥：通"扑"，打。
春酒：冬天酿酒春天始成，称为"春酒"。

六月食郁及薁,七月亨葵及菽㉑。
八月剥枣,十月获稻,为此春酒,以介眉寿㉒。
七月食瓜,八月断壶,九月叔苴㉓。采荼薪樗,食我农夫㉔。

九月筑场圃,十月纳禾稼㉕。黍稷重穋,禾麻菽麦。
嗟我农夫,我稼既同,上入执宫功㉖。
昼尔于茅,宵尔索绹㉗。亟其乘屋,其始播百谷㉘。

二之日凿冰冲冲,三之日纳于凌阴㉙。四之日其蚤,献羔祭韭㉚。
九月肃霜,十月涤场㉛。朋酒斯飨,曰杀羔羊。
跻彼公堂,称彼兕觥,万寿无疆㉜!

㉓ 壶:葫芦。 叔:拾。 苴(jū):麻籽。
㉔ 薪樗:采樗木为薪。
㉕ 场:打谷场。 纳:收进谷仓。
㉖ 宫功:指修缮宫室。
㉗ 索绹:搓绳子。
㉘ 亟:急。 乘:盖。宫室修完,急忙赶回去修缮自己的房屋,因为春播又要开始了。
㉙ 冲冲:凿冰声。 凌阴:藏冰室。
㉚ 蚤:同"早"。古代取冰,需要祭祀仪式。
㉛ 肃霜:指九月天气凉爽。 涤场:清扫谷场。
㉜ 跻(jī):登。 公堂:指集会场所。
   称:举。 兕(sì):一种兽角做的酒器。

《毛诗序》——
"《七月》,陈王业也。周公遭变,故陈后稷先公风化之所由,致王业之艰难也。"

朱熹《诗集传》——
"周公以成王未知稼穑之艰难,故陈后稷、公刘风化之所由,使瞽蒙朝夕讽诵以教之。……此章(第一章。编者注。)前段言衣之始,后段言食之始。二章至五章终前段之意,六章至八章终后段之意。"

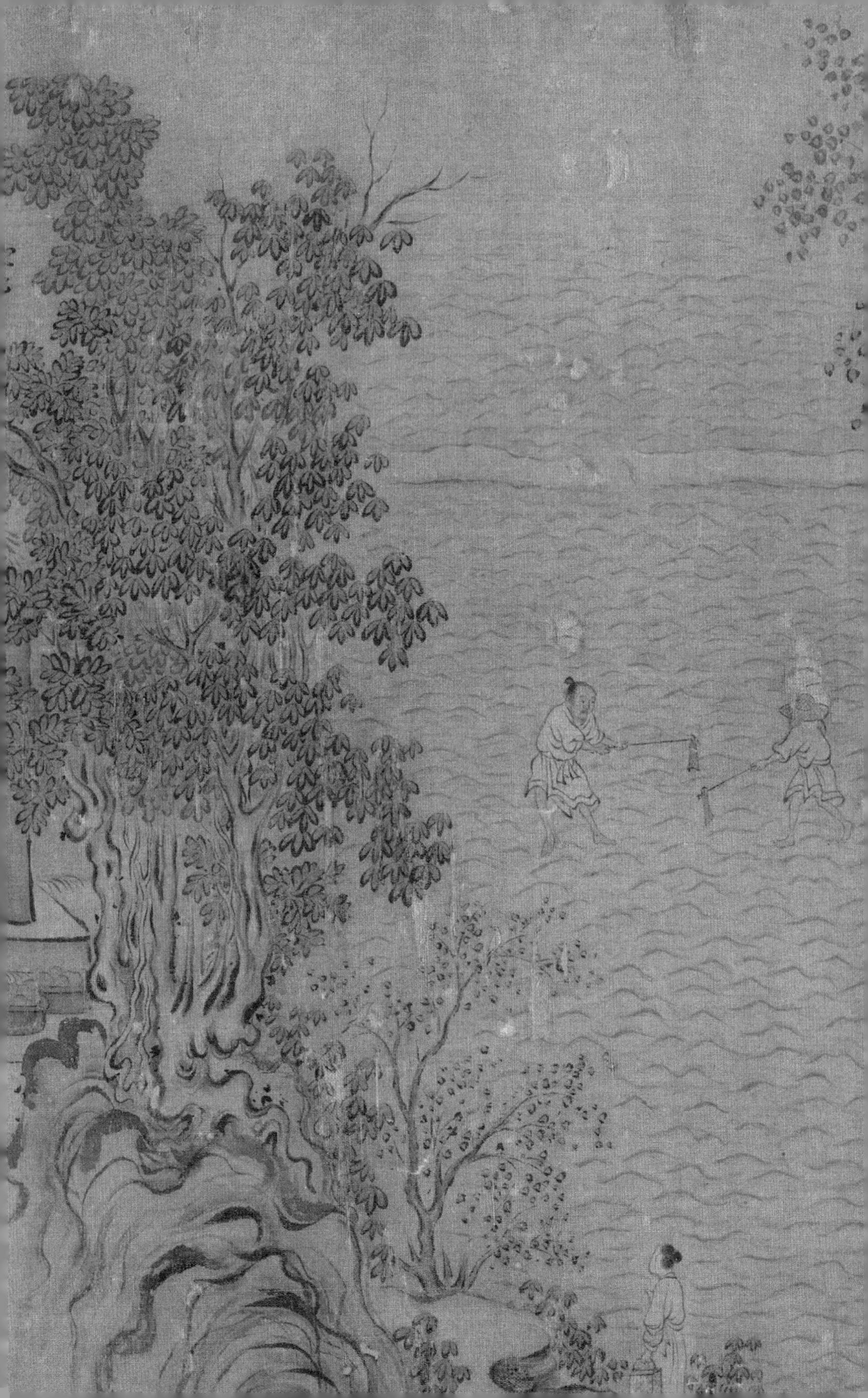

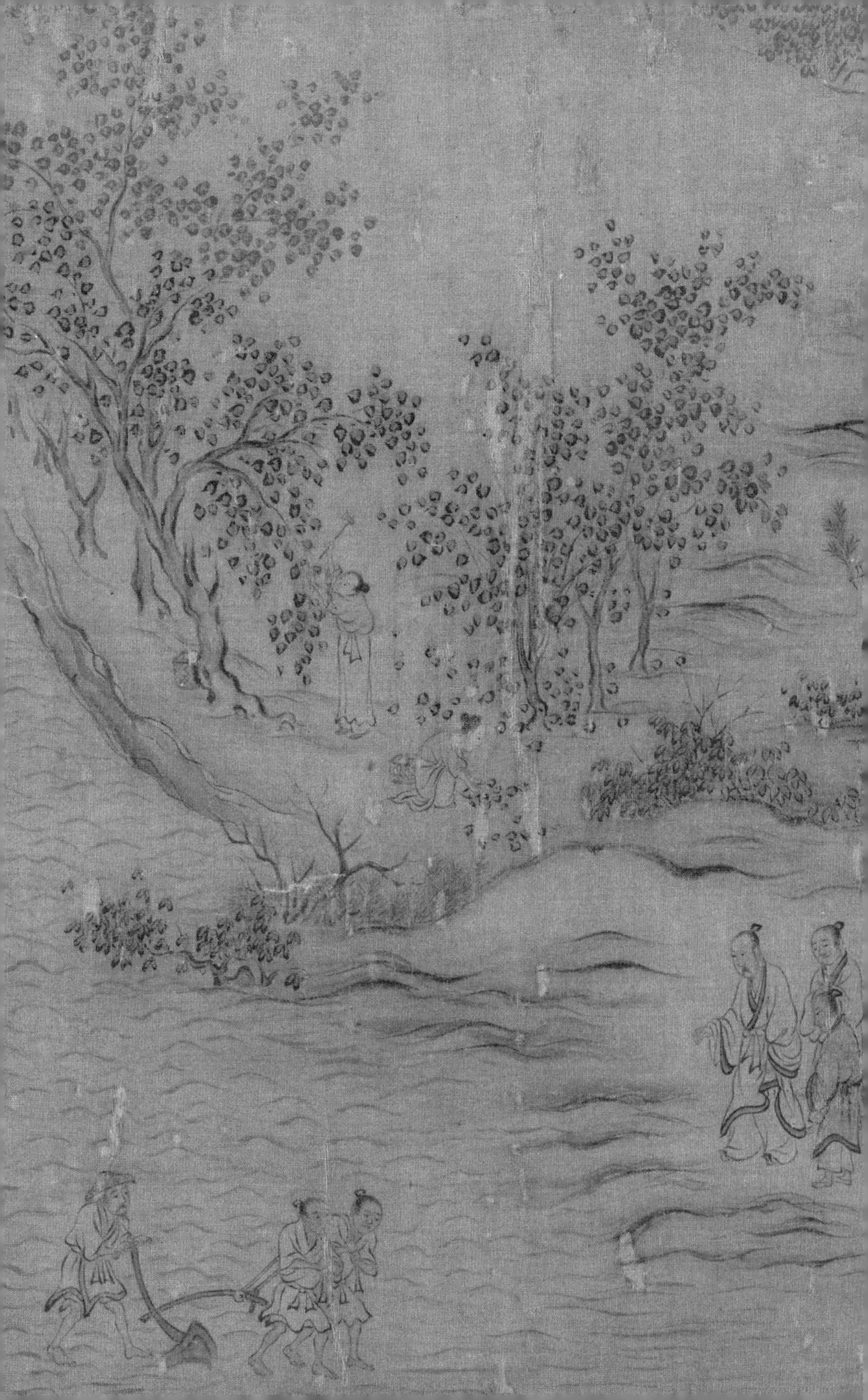

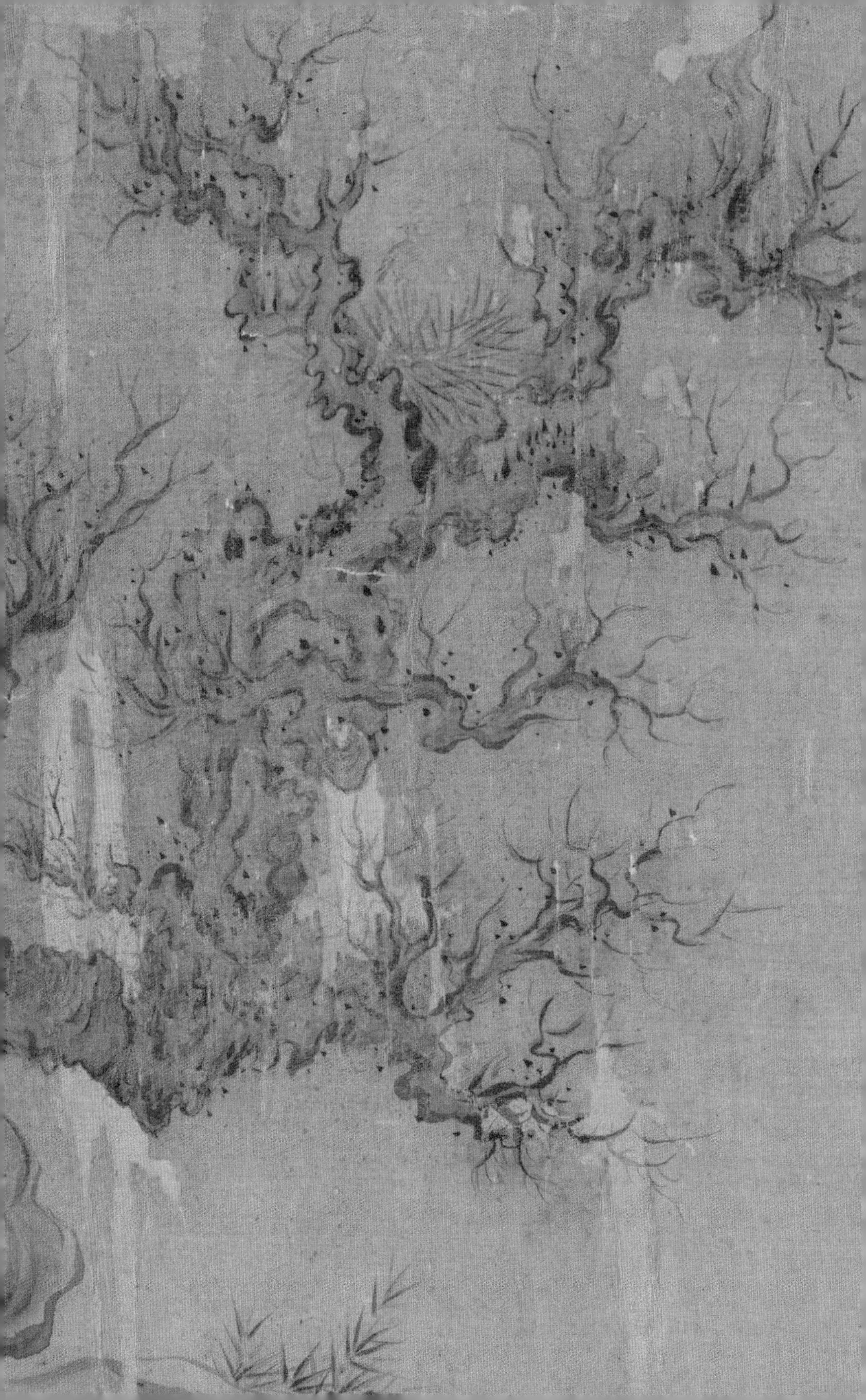

鸱鸮

鸱鸮鸱鸮，既取我子，无毁我室①。
恩斯勤斯，鬻子之闵斯②。

迨天之未阴雨，彻彼桑土，绸缪牖户③。
今女下民，或敢侮予④。

予手拮据，予所捋荼⑤，
予所蓄租，予口卒瘏，曰予未有室家⑥。

予羽谯谯，予尾翛翛⑦。
予室翘翘，风雨所漂摇。予维音哓哓⑧！

① 鸱鸮（chīxiāo）：猫头鹰。　室：指鸟窝。
② 恩（yī）：一作"殷"。
　　斯：语助词。　鬻（yù）：通"育"。　闵：病。
③ 迨：趁着。　彻：通"撤"，取。　桑土：桑根。
　　绸缪（móu）：缠绕。　牖（yǒu）户：窗门。
④ 女：通"汝"。
⑤ 拮据：指手病。
⑥ 蓄：积蓄。　租（jū）：茅草。
　　卒瘏（cuìtú）：劳累成病。　室家：指鸟窝。
⑦ 谯谯（qiáoqiáo）：羽毛疏落状。
　　翛翛（xiāoxiāo）：羽毛干枯无光泽状。
⑧ 翘翘（qiáoqiáo）：危险不稳状。
　　哓哓（xiāoxiāo）：惊恐的叫声。

《毛诗序》——
"《鸱鸮》，周公救乱也。成王未知周公之志，公乃为诗以遗王，名之曰《鸱鸮》焉。"

朱熹《诗集传》——
"武王客商，使弟管叔鲜、蔡叔度监于纣子武庚之国。武王崩，成王立，周公相之。而二叔以武庚叛，且流言于国曰：'周公将不利于孺子。'故周公东征，二年，乃得管叔、武庚而诛之。而成王犹未知公之意也。公乃作此诗以贻王，托为鸟之爱巢者，呼鸱鸮而谓之曰：鸱鸮鸱鸮，尔既取我之子矣，无更毁我之室也。以我情爱之心，笃厚之意，鬻养此子，诚可怜悯。今既取之，其毒甚矣，况又毁我室乎？以比武庚既败管、蔡，不可更毁我王室也。"

东山

我徂东山，慆慆不归①。我来自东，零雨其濛。
我东曰归，我心西悲。制彼裳衣，勿士行枚②。
蜎蜎者蠋，烝在桑野③。敦彼独宿，亦在车下④。

我徂东山，慆慆不归。我来自东，零雨其濛。
果臝之实，亦施于宇⑤。伊威在室，蠨蛸在户⑥。
町疃鹿场，熠耀宵行⑦。不可畏也，伊可怀也。

---

① 徂：往。 东山：今山东曲阜境内，古时为远征之地。
　慆慆（tāotāo）：久。
② 勿士：不要从事。
　行枚：即"衔枚"，行军时口中衔枚，以免发出声音。
③ 蜎蜎（yuānyuān）：虫蠕动貌。
　蠋（zhú）：一种蚕。 烝：久。
④ 敦：蜷曲一团状。
⑤ 果臝（luǒ）：植物名，瓜蒌。
　施（yì）：蔓延。 宇：屋檐。
⑥ 伊威：虫名。 蠨蛸（xiāoshāo）：蜘蛛。
⑦ 町疃（tuǎn）：田边空地。 熠耀：发光状。 宵行：萤火虫。

我徂东山，慆慆不归。我来自东，零雨其濛。
鹳鸣于垤，妇叹于室[8]。洒埽穹窒，我征聿至。
有敦瓜苦，烝在栗薪[9]。自我不见，于今三年。

我徂东山，慆慆不归。我来自东，零雨其濛。
仓庚于飞，熠耀其羽[10]。之子于归，皇驳其马[11]。
亲结其缡，九十其仪[12]。其新孔嘉，其旧如之何[13]？

[8] 垤（dié）：小土堆。
　　妇：指征人之妻。
[9] 有敦：即"墩墩"，团团。
　　瓜苦：即苦瓜。
[10] 仓庚：黄鹂鸟。
[11] 皇驳：马毛色黄白为"皇"，红白为"驳"。
[12] 亲：指女方母亲。
　　结缡（lí）：结佩巾，为古代婚嫁风俗。
[13] 新：指新婚。
　　孔嘉：非常好。　旧：久。

《毛诗序》——
"《东山》，周公东征也。周公东征，三年而归，劳归士，大夫美之，故作是诗也。一章言其完也，二章言其思也，三章言其室家之望女也，四章乐男女之得及时也。君子之于人，序其情而闵其劳，所以说也。'说以使民，民忘其死'，其唯《东山》乎？"

朱熹《诗集传》——
"成王既得《鸱鸮》之诗，又感风雷之变，始悟而迎周公。于是周公东征已三年矣。既归，因作此诗以劳归士。"

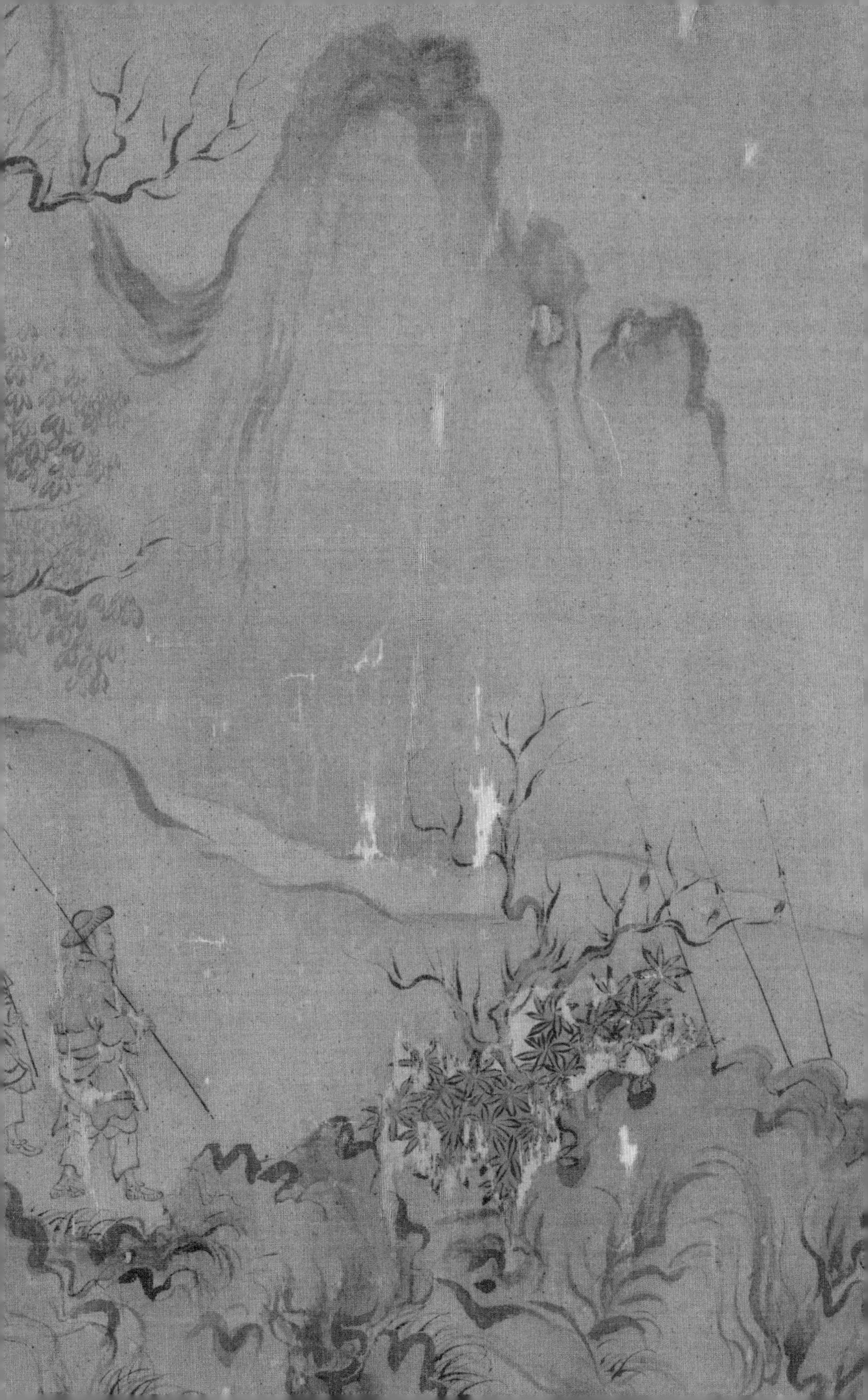

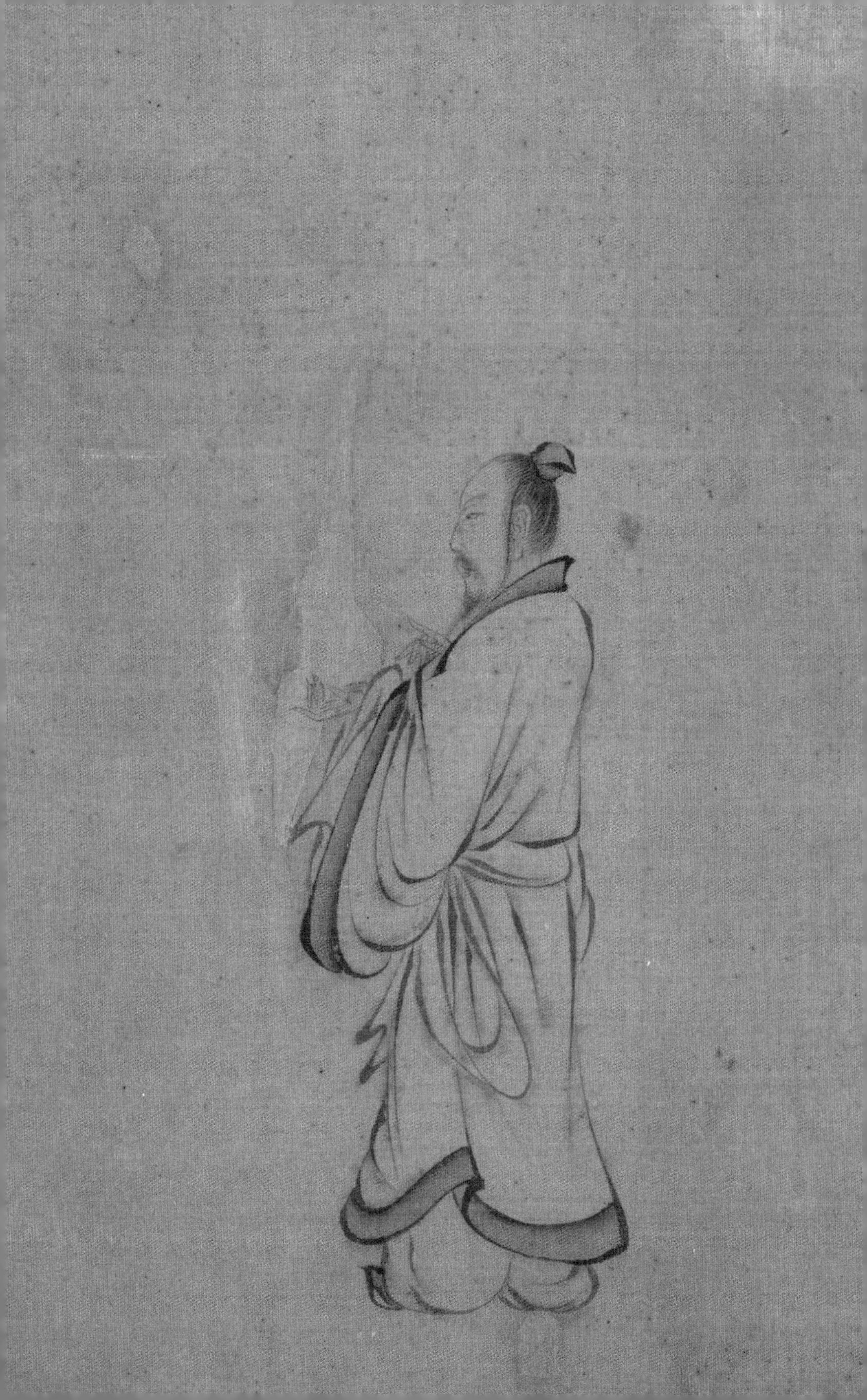

破斧

既破我斧，又缺我斨①。
周公东征，四国是皇②。
哀我人斯，亦孔之将③。

既破我斧，又缺我锜④。
周公东征，四国是吪⑤。
哀我人斯，亦孔之嘉。

既破我斧，又缺我銶⑥。
周公东征，四国是遒⑦。
哀我人斯，亦孔之休。

① 斨（qiāng）：方孔斧。
② 四国：指周公东征平定的管、蔡、商、奄四大国。
③ 孔：很、甚。
　　将：大、好。与下文"嘉"、"休"同义。
④ 锜（qí）：古代一种凿子类的兵器。
⑤ 吪（é）：感化。
⑥ 銶（qiú）：像锹一样的兵器。
⑦ 遒：安定。

《毛诗序》——
"《破斧》，美周公也。周大夫以恶四国焉。"

朱熹《诗集传》——
"……今观此诗，固足以见周公之心大公至正，天下信其无有一毫自爱之私。抑又有以见当是之时，虽被坚执锐之人，亦皆能以周公之心为心，而不自为一身一家之计，盖亦莫非圣人之徒也。学者于此熟玩而有得焉，则其心正大，而天地之情真可见矣。"

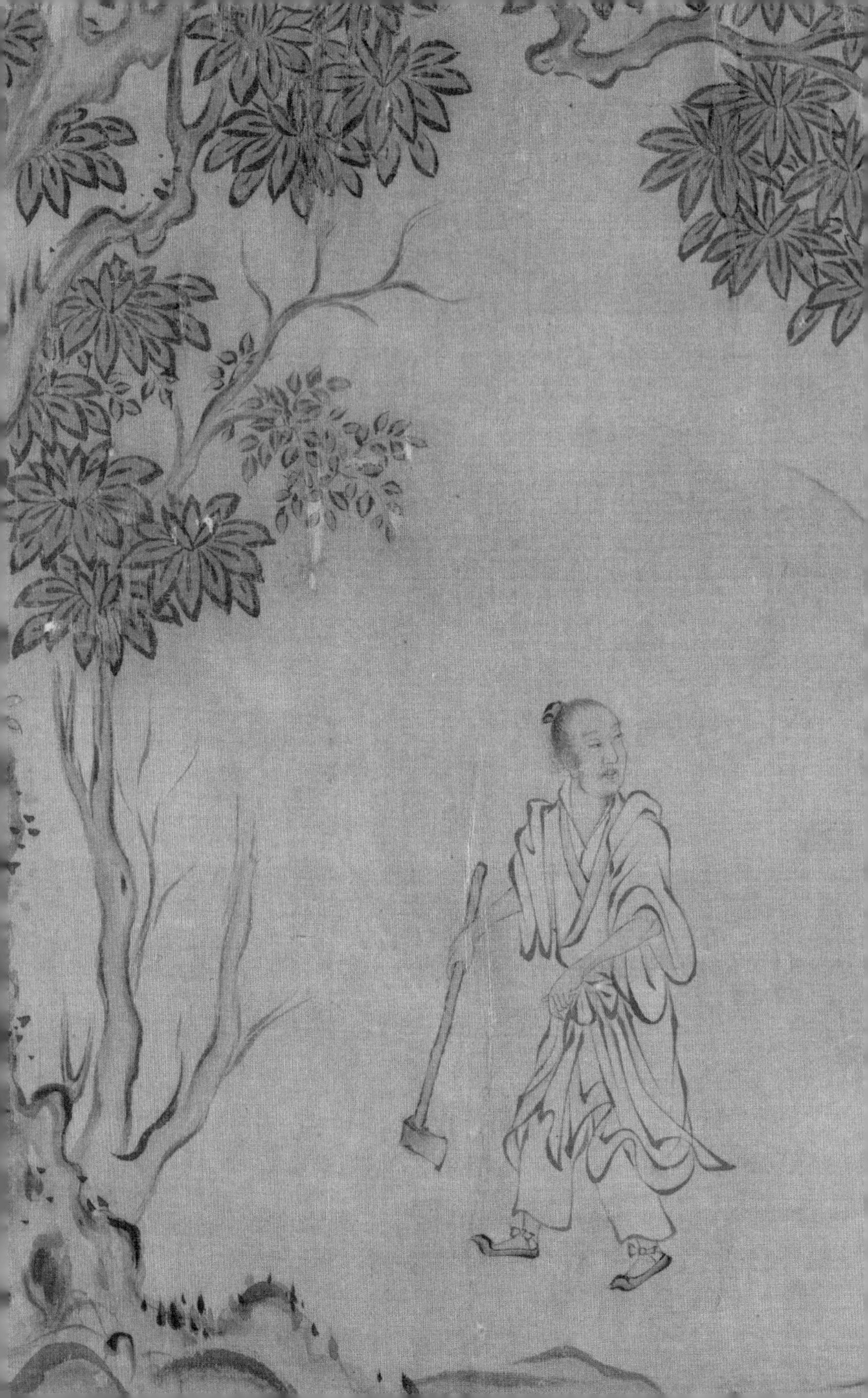

伐柯

伐柯如何？匪斧不克①。
取妻如何？匪媒不得②。

伐柯伐柯，其则不远③。
我觏之子，笾豆有践④。

① 伐柯：砍取做斧柄用的木料。
　匪：通"非"。克：能。
② 取：通"娶"。
③ 则：原则。指取材的标准就是手中斧柄。
④ 觏（gòu）：遇见。
　笾（biān）：古代宴会时的竹制盛器。
　豆：宴会时的木质餐具。
　有践：排列整齐有条不紊的样子。

《毛诗序》——
"《伐柯》，美周公也。周大夫刺朝廷之不知也。"

朱熹《诗集传》——
"言伐柯而有斧，则不过即此旧斧之柯，而得其新柯之法。娶妻而有媒，则亦不过即此见之，而成其同牢之礼矣。东人言此，以比今日得见周公之易，深喜之之辞也。"

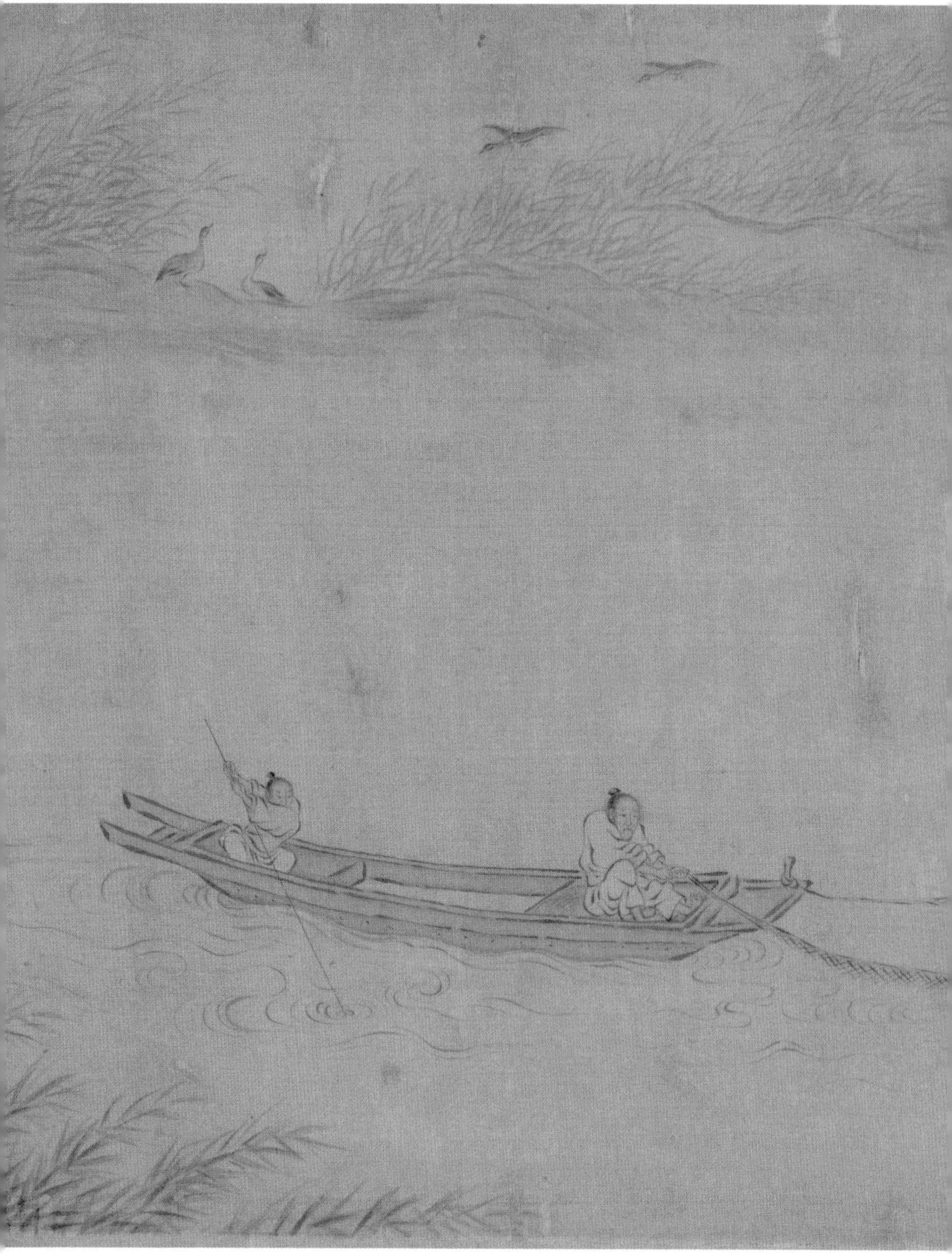

九罭

九罭之鱼，鳟鲂①。我觏之子，衮衣绣裳②。

鸿飞遵渚，公归无所，于女信处③。

鸿飞遵陆，公归不复，于女信宿④。

是以有衮衣兮，无以我公归兮，无使我心悲兮⑤。

① 九罭（yù）：捕小鱼用的细网。九，虚数，表示网眼多。
  鳟鲂：指两种大鱼。
② 觏（gòu）：碰见。
  衮（gǔn）衣：绣着龙的礼服，为贵族服饰。
③ 遵渚：沿着沙洲。 女：汝、你。
  信：住两夜称"信"。信处，亦为"信宿"。
④ 不复：不返。
⑤ 是以：因此。 有：留下。 无以：不让。

《毛诗序》——
"《九罭》，美周公也。周大夫刺朝廷之不知也。"

朱熹《诗集传》——
"此亦周公居东之时，东人喜得见之，而言九罭之网，则有鳟鲂之鱼矣。我觏之子，则见其衮衣绣裳之服矣。"

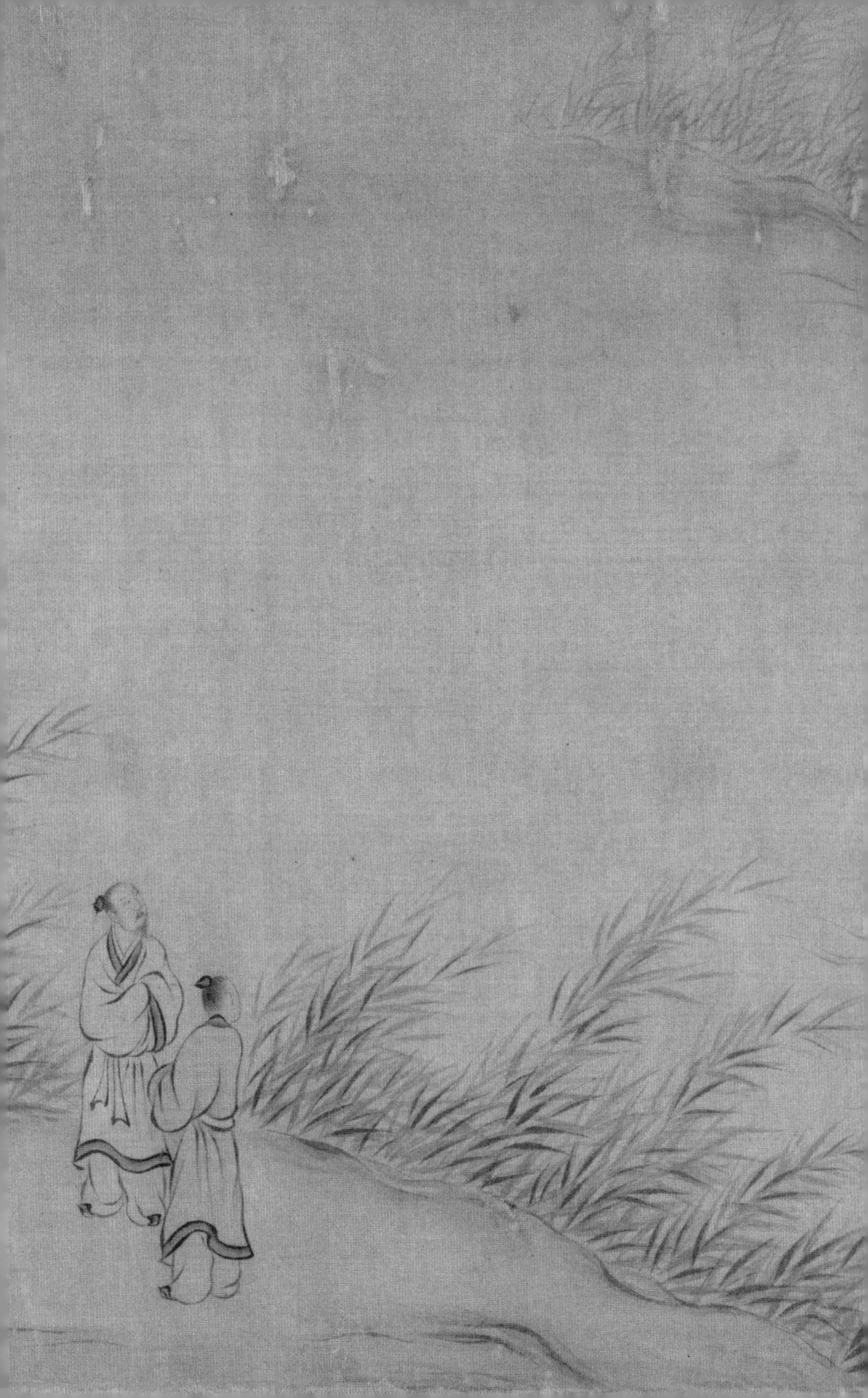

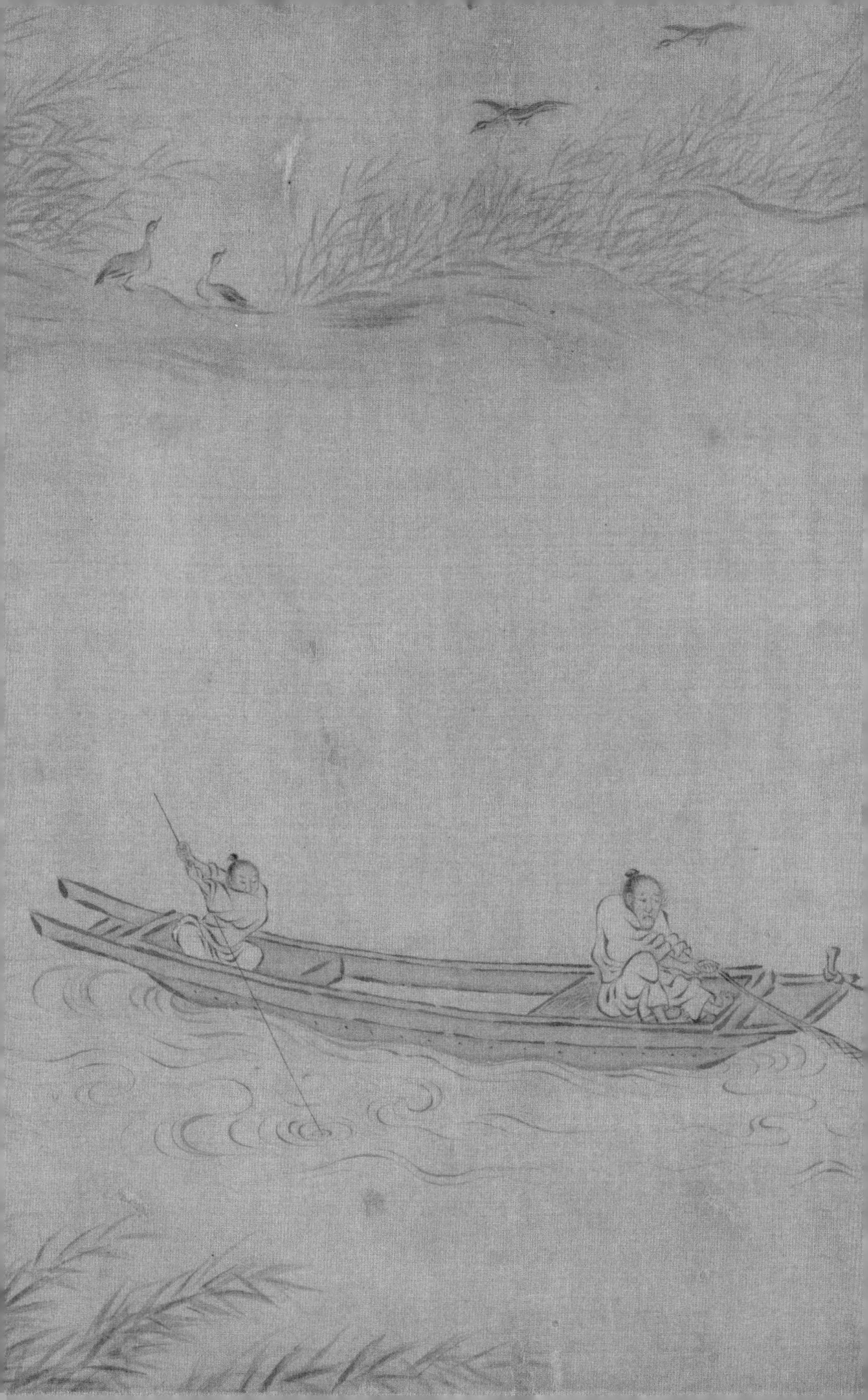

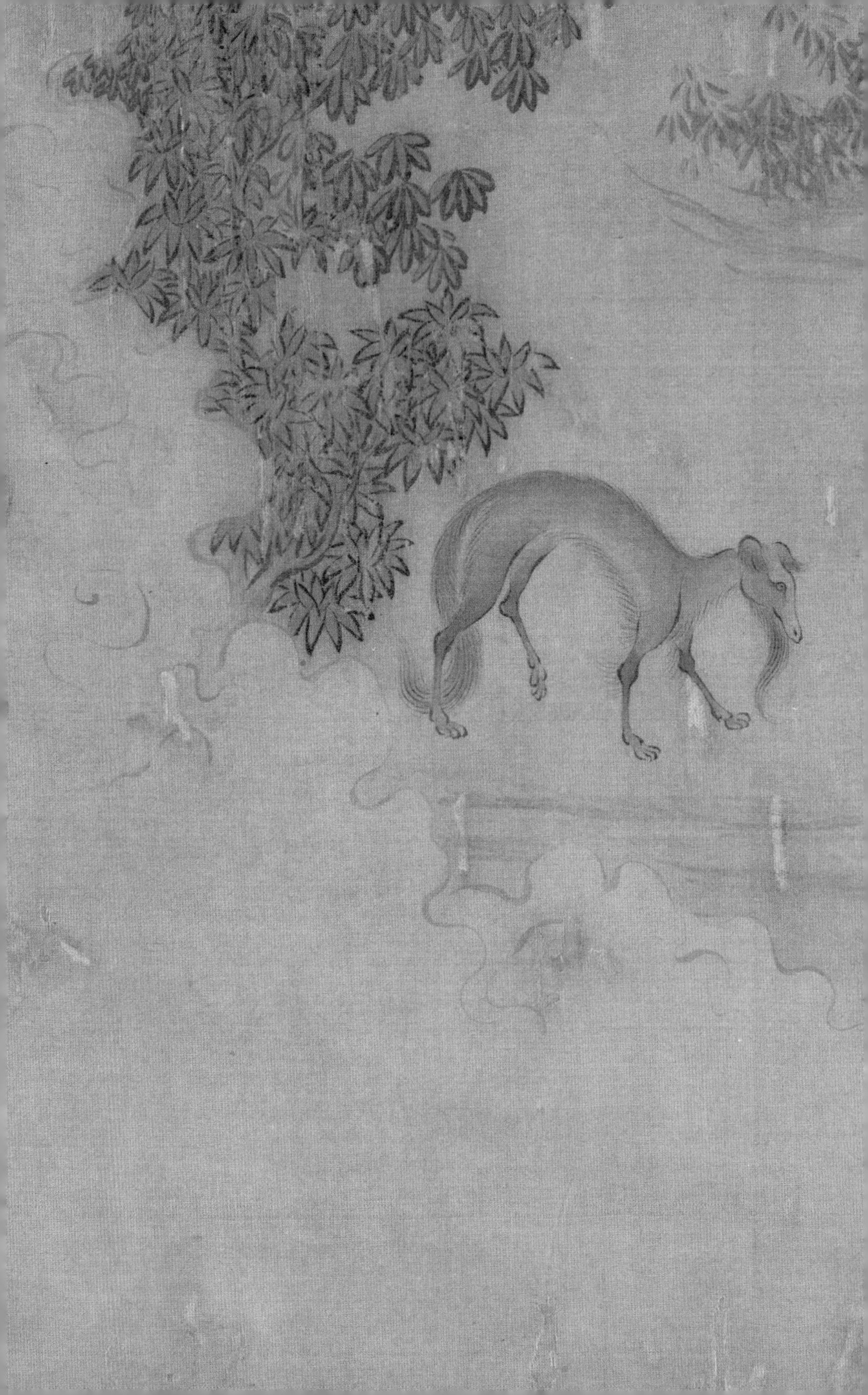

狼跋

狼跋其胡,载疐其尾①。
公孙硕肤,赤舄几几②。

狼疐其尾,载跋其胡。
公孙硕肤,德音不瑕③。

① 跋:踩。 胡:颌下下垂之肉。
　载(zài):通"再"。 疐(zhì):意同"跋"。
② 公孙:国君的公子。 硕肤:肥胖貌。
　赤舄(xì):贵族穿的鞋,鞋头缀有金色饰物。
　几几:绚丽貌。
③ 德音:声誉。

《毛诗序》——
"《狼跋》,美周公也。周公摄政,远则四国流言,近则王不知。周大夫美其不失其圣也。"

朱熹《诗集传》——
"周公虽遭疑谤,然所以处之不失其常,故诗人美之。"

小雅

雅者，正也，正乐之歌也。

其篇本有大小之殊，而先儒说又各有正变之别。

以今考之，"正小雅"，燕飨之乐也；

"正大雅"，朝会之乐，受厘陈戒之辞也。

故或欢欣和说，以尽群下之情；

或恭敬齐庄，以发先王之德。

辞气不同，音节亦异，多周公制作时所定也。

及其变也，则事未必同，而各以其声附之。

其次序时世，则有不可考者矣。

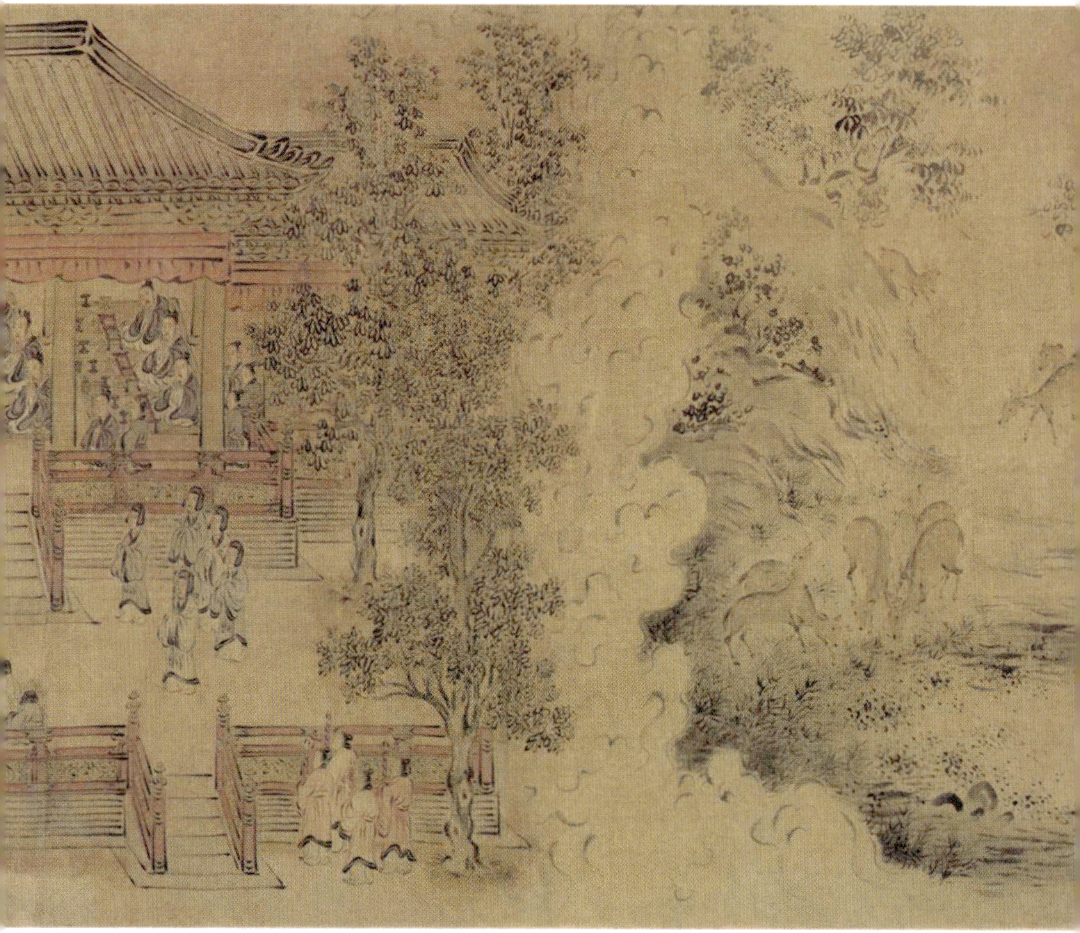

鹿鸣

呦呦鹿鸣，食野之苹①。我有嘉宾，鼓瑟吹笙。
吹笙鼓簧，承筐是将②。人之好我，示我周行③。

呦呦鹿鸣，食野之蒿。我有嘉宾，德音孔昭④。
视民不恌，君子是则是效⑤。我有旨酒，嘉宾式燕以敖⑥。

呦呦鹿鸣，食野之芩⑦。我有嘉宾，鼓瑟鼓琴。
鼓瑟鼓琴，和乐且湛。我有旨酒，以燕乐嘉宾之心。

① 呦呦：鹿鸣声。 苹：艾蒿。
② 簧：笙里发声用的簧片。
   承：奉上。 筐：盛币帛的容器。
③ 周行（háng）：大路，此处指大道理。
④ 德音：好的声誉。 孔：很。 昭：明。
⑤ 视：通"示"。
   恌（tiāo）：通"佻"，轻佻。 则：法则。
⑥ 旨：甘美。 式：语助词。
   燕：通"宴"，宴会。 敖：游乐。
⑦ 芩（qín）：蒿类植物。

《毛诗序》——
"《鹿鸣》，燕群臣嘉宾也。既饮食之，又实币帛筐篚，以将其厚意，然后忠臣嘉宾得尽其心矣。"

朱熹《诗集传》——
"此燕飨宾客之诗也。盖君臣之分，以严为主；朝廷之礼，以敬为主。然一于严敬，则情或不通，而无以尽其忠告之益。故先王因其饮食聚会，而制为燕飨之礼，以通上下之情，而其乐歌又以《鹿鸣》起兴，而言其礼意之厚如此，庶乎人之好我，而示我以大道也。《记》曰：'私惠不归德，君子不自留焉。'盖其所望于群臣嘉宾者，唯在于示我以大道，则必不以私惠为德而自留矣。呜呼，此其所以和乐而不淫也与！"

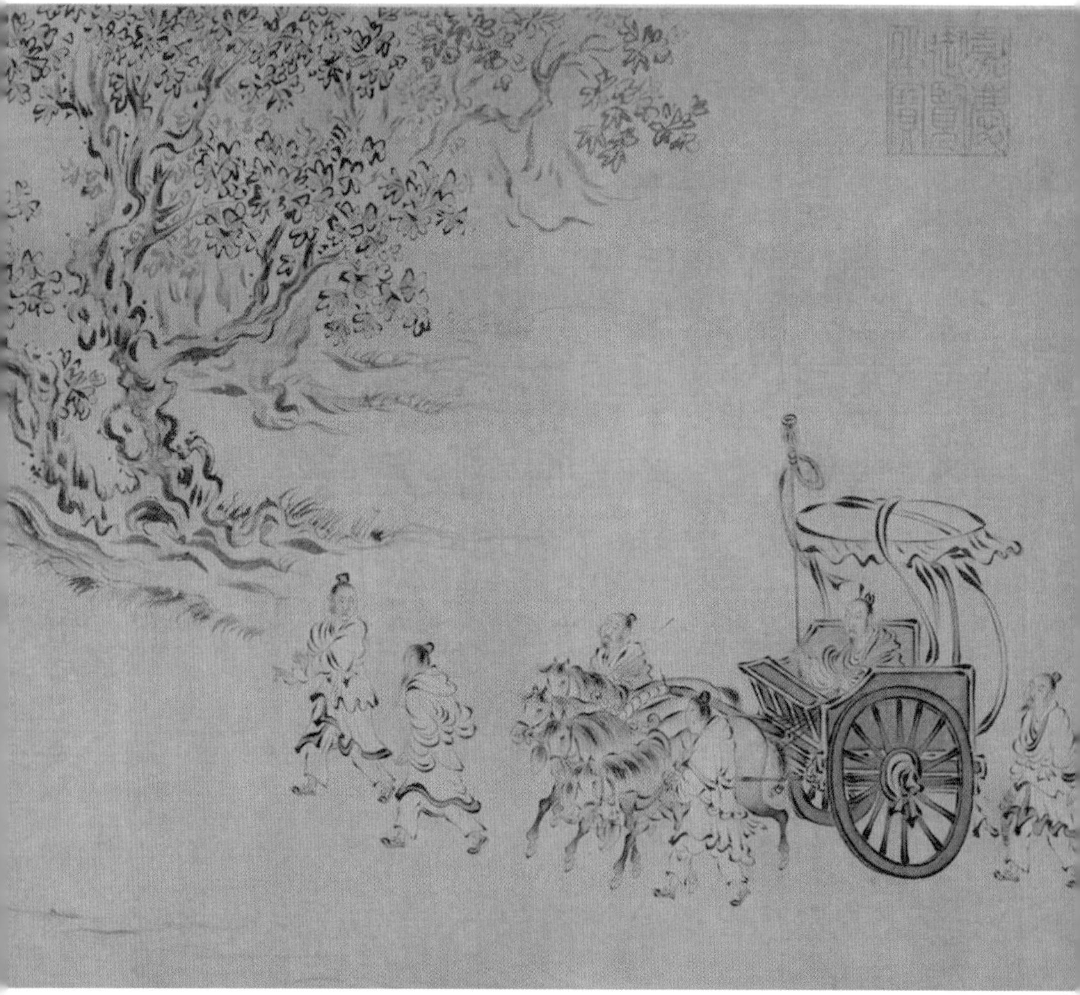

四牡

四牡骓骓,周道倭迟①。岂不怀归?
王事靡盬,我心伤悲②。

四牡骓骓,啴啴骆马③。岂不怀归?
王事靡盬,不遑启处④。

翩翩者䳚,载飞载下,集于苞栩⑤。
王事靡盬,不遑将父⑥。

翩翩者䳚,载飞载止,集于苞杞⑦。
王事靡盬,不遑将母。

驾彼四骆,载骤骎骎⑧。岂不怀归?
是用作歌,将母来谂⑨。

① 四牡:四匹雄马。
骓骓(fēifēi):马匹奔跑不停止的样子。
周道:大路。
倭迟(wēiyí):"逶迤",弯曲不绝的样子。
② 靡:无。 盬(gǔ):止息。
③ 啴啴(tāntān):喘息。 骆:白毛黑鬃的马。
④ 遑:暇。 启:小跪。启处,指在家休息。
⑤ 䳚(zhuī):鹁鸪。 苞:丛生。 栩(xǔ):柞树。
⑥ 将:养。
⑦ 杞:枸杞树。
⑧ 骎骎(qīnqīn):马急速跑。
⑨ 谂(shěn):想念。

《毛诗序》——
"《四牡》,劳使臣之来也。有功而见知则说矣。"

朱熹《诗集传》——
"此劳使臣之诗也。夫君之使臣,臣之事君,礼也。故为臣者奔走于王事,特以尽其职分之所当为而已,何敢自以为劳哉?然君之心则不敢以是而自安也。故燕飨之际,叙其情以闵其劳,言驾此四牡而出使于外,其道路之回远如此。当是时,岂不思归乎?特以王事不可以不坚固,不敢徇私以废公,是以内顾而伤悲也。臣劳于事而不自言,君探其情而代之言。上下之间,可谓各尽其道矣。"

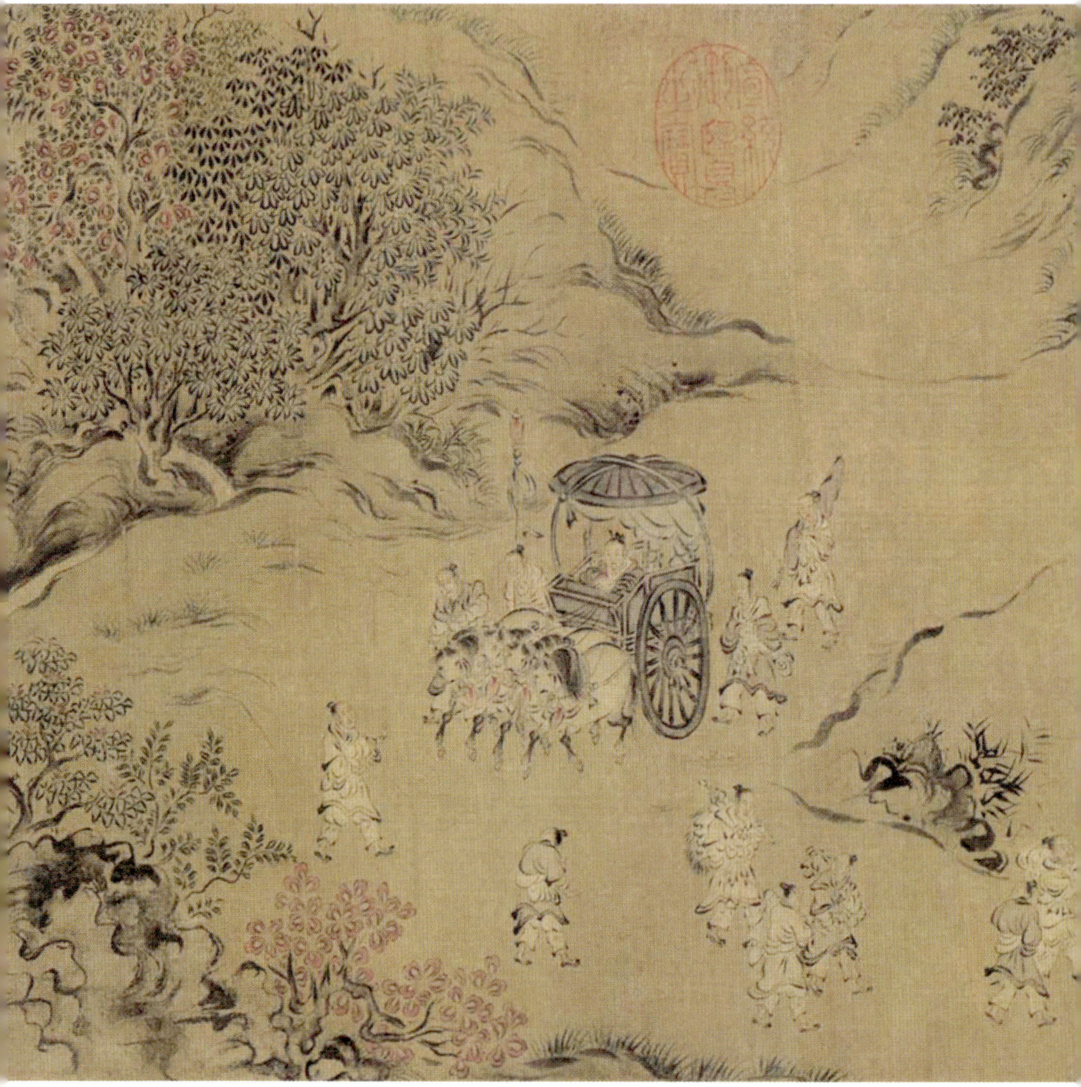

皇皇者华

皇皇者华,于彼原隰①。駪駪征夫,每怀靡及②。

我马维驹,六辔如濡③。载驰载驱,周爰咨诹④。

我马维骐,六辔如丝⑤。载驰载驱,周爰咨谋。

我马维骆,六辔沃若⑥。载驰载驱,周爰咨度。

我马维骃,六辔既均⑦。载驰载驱,周爰咨询。

① 皇皇:即"煌煌",形容有光华。
  隰(xí):低洼的湿地。
② 駪駪(shēnshēn):疾行貌。
  征夫:这里指使臣及其属从。 每:虽。
③ 如:而。 濡:润湿。
④ 周:遍。 爰:在。 咨:问。 诹(zōu):商议。
⑤ 骐(qí):青黑色的马。
  如丝:形容辔缰如丝般韧滑。
⑥ 骆:白毛黑鬃的马。
⑦ 骃(yīn):黑色有白毛的马。

《毛诗序》——
"《皇皇者华》,君遣使臣也。送之以礼乐,言远而有光华也。"

朱熹《诗集传》——
"此遣使臣之诗也。君之使臣,固欲其宣上德而达下情;而臣之受命,亦唯恐其无以副君之意也。"

常棣

常棣之华，鄂不韡韡①。凡今之人，莫如兄弟。

死丧之威，兄弟孔怀②。原隰裒矣，兄弟求矣③。

脊令在原，兄弟急难④。每有良朋，况也永叹⑤。

兄弟阋于墙，外御其务⑥。每有良朋，烝也无戎⑦。

丧乱既平，既安且宁。虽有兄弟，不如友生⑧。

傧尔笾豆，饮酒之饫⑨。兄弟既具，和乐且孺。

妻子好合，如鼓瑟琴。兄弟既翕，和乐且湛⑩。

宜尔室家，乐尔妻帑⑪。是究是图，亶其然乎⑫！

① 常棣（dì）：棠棣。 鄂：花萼。
  韡韡（wěiwěi）：鲜明貌。
② 威：畏。 孔：很。 怀：怀念、关怀。
③ 原：地势高且平。 隰（xí）：低洼的湿地。
  裒（póu）：聚集。
④ 脊令（jílíng）：即"鹡鸰"，鸟名。鹡鸰为水鸟，
  而如今在原，如兄弟遇急难。
⑤ 每：虽。 永：长。
⑥ 阋（xì）：争斗。 务（wǔ）：通"侮"。
⑦ 烝（zhēng）：久。 戎：帮助。
⑧ 生：语助词。
⑨ 傧：陈列。 笾（biān）：古代宴会时的竹制盛器。
  豆：宴会时的木质餐具。 饫（yù）：满足。
⑩ 翕（xī）：聚合。
⑪ 帑（nú）：儿女。
⑫ 亶（dǎn）：确实。

《毛诗序》——
"《常棣》，燕兄弟也。闵管、蔡之失道，故作《常棣》焉。"

朱熹《诗集传》——
"此诗首章略言至亲莫如兄弟之意。次章乃以意外不测之事言之，以明兄弟之情，其切如此。三章但言急难，则浅于死丧矣。至于四章，则又以其情义之甚薄，而犹有所不能已者言之。其《序》若曰：不待死丧，然后相救，但有急难，便当相助。言又不幸而至于或有小忿，犹必共御外侮。其所以言之者，虽若益轻以约，而所以若夫兄弟之义者，益深且切矣。至于五章，遂言安宁之后，乃谓兄弟不如友生，则是至亲反为路人，而人道或几乎息矣。故下两章，乃复极言兄弟之恩，异形同气，死生苦乐，无适而不相须之意。卒章又申告之，使反覆终极而验其信然。可谓委曲渐次，说尽人情矣。读者宜深味之。"

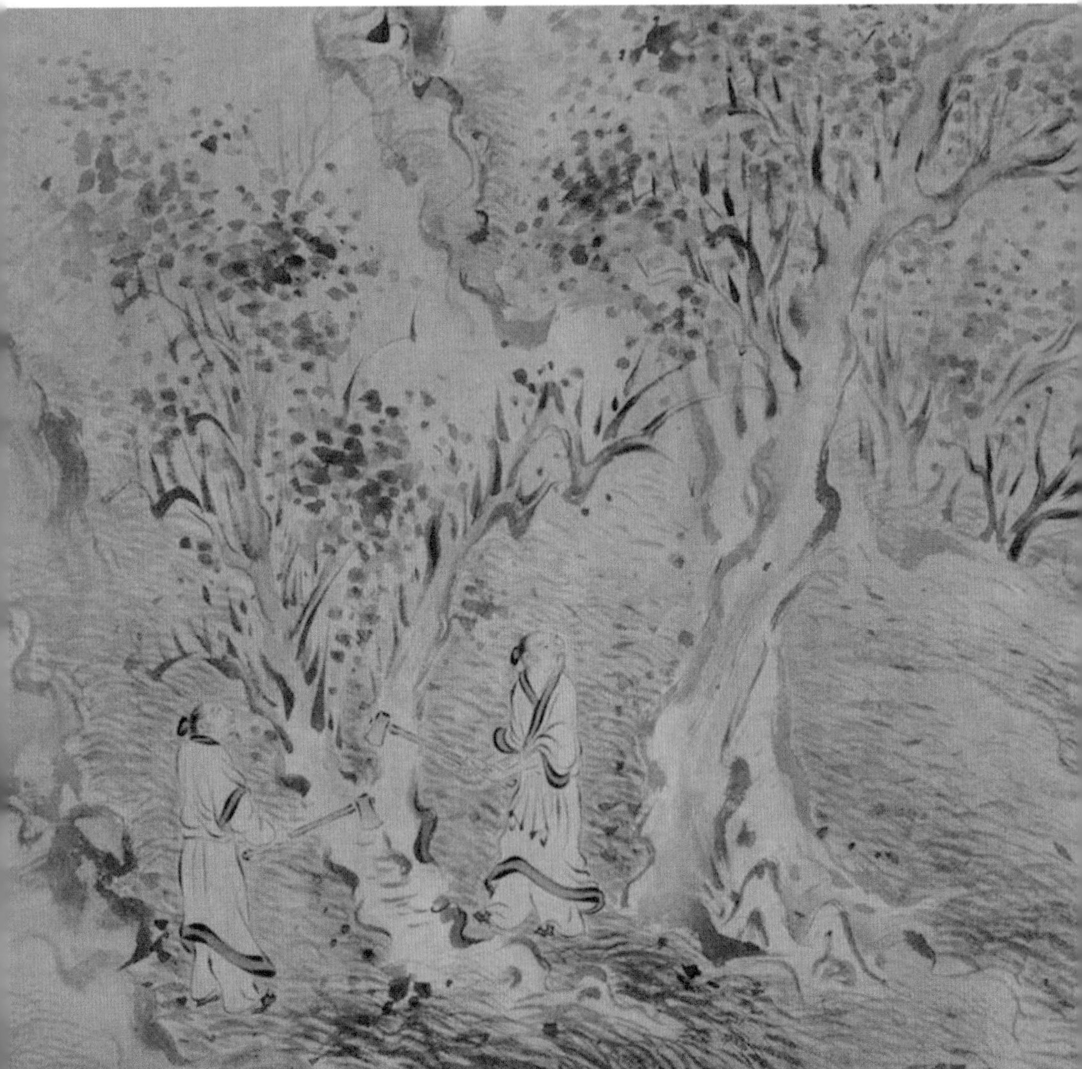

伐木

伐木丁丁，鸟鸣嘤嘤①。出自幽谷，迁于乔木。
嘤其鸣矣，求其友声。相彼鸟矣，犹求友声。
矧伊人矣，不求友生②。神之听之，终和且平③。

伐木许许，酾酒有藇④！既有肥羜，以速诸父⑤。
宁适不来，微我弗顾⑥。於粲洒埽，陈馈八簋⑦。
既有肥牡，以速诸舅。宁适不来，微我有咎。

伐木于阪，酾酒有衍⑧。笾豆有践，兄弟无远⑨。
民之失德，乾餱以愆⑩。有酒湑我，无酒酤我⑪。
坎坎鼓我，蹲蹲舞我⑫。迨我暇矣，饮此湑矣。

① 丁丁（zhēngzhēng）：砍树声。 嘤嘤：鸟鸣声。
② 矧（shěn）：况且。 友生：朋友。
③ 神：慎。
④ 许许（hǔhǔ）：砍树声。 酾（shī）：过滤。
藇：形容酒甘美。
⑤ 羜（zhù）：羊羔。 速：邀请。
⑥ 宁：宁可。 适：恰巧。 微：非。 顾：念。
⑦ 於（wū）：感叹词。 粲：鲜明貌。
簋（guǐ）：古时食物盛器。
⑧ 有衍：即"衍衍"，酒满溢状。
⑨ 笾（biān）：古代宴会时的竹制盛器。
豆：宴会时的木质餐具。
有践：排列整齐有条不紊的样子。
⑩ 乾餱（hóu）：干粮。 愆（qiān）：过错。
⑪ 湑（xǔ）：滤酒。 酤：买酒。
⑫ 坎坎：击鼓声。 蹲蹲：舞姿。

《毛诗序》——
"《伐木》，燕朋友故旧也。自天子至于庶人，未有不须友以成者。亲亲以睦，友贤不弃，不遗故旧，则民德归厚矣。"

朱熹《诗集传》——
"此燕朋友故旧之乐歌。"

天保

天保定尔，亦孔之固①。
俾尔单厚，何福不除②？
俾尔多益，以莫不庶③。

天保定尔，俾尔戩穀④。
罄无不宜，受天百禄⑤。
降尔遐福，维日不足⑥。

天保定尔，以莫不兴⑦。
如山如阜，如冈如陵，
如川之方至，以莫不增⑧。

① 保定：使平安。 孔：很、甚。 固：巩固。
② 俾：使。 单厚：强大。 不除：不予。
③ 多益：丰厚。 庶：富庶。
④ 戩穀（jiǎngǔ）：福禄。
⑤ 罄（qìng）：尽，所有。 百禄：百福。
⑥ 遐福：长远之福。 维日不足：惟恐日日享福享不完。
⑦ 兴：兴盛。
⑧ 阜（fù）：土山。 陵：丘陵。 川之方至：形容水流盛。

吉蠲为饎，是用孝享⑨。
禴祠烝尝，于公先王⑩。
君曰卜尔，万寿无疆⑪。

神之吊矣，诒尔多福⑫。
民之质矣，日用饮食。
群黎百姓，遍为尔德⑬。

如月之恒，如日之升。
如南山之寿，不骞不崩。
如松柏之茂，无不尔或承⑭。

⑨ 蠲（juān）：清洁。
　饎（chì）：酒食。　孝享：祭献。
⑩ 禴（yuè）祠烝尝：四季举行祭祀的名称，春祭为祠，夏祭为禴，秋祭为尝，冬祭为烝。
　于公先王：祭祀先公先王。
⑪ 卜：予。
⑫ 吊：至。　诒（yí）：通"贻"，赠送。
⑬ 群黎：平民。　百姓：百官。　为：感化。
⑭ 承：继承。

《毛诗序》——
"《天保》，下报上也。君能下下以成其政，臣能归美以报其上焉。"

朱熹《诗集传》——
"人君以《鹿鸣》以下五诗燕其臣，臣受赐者，歌此诗以答其君，言天之安定我君，使之获福如此也。"

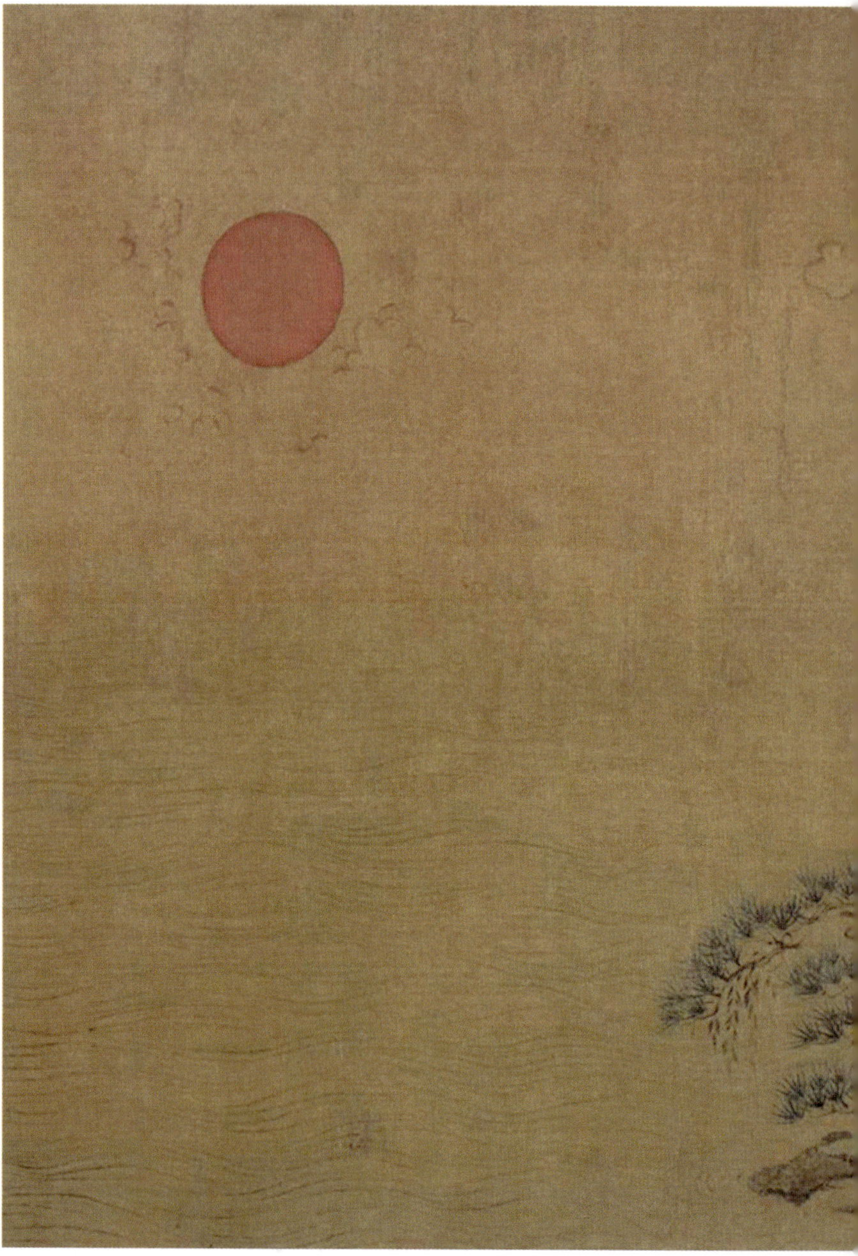

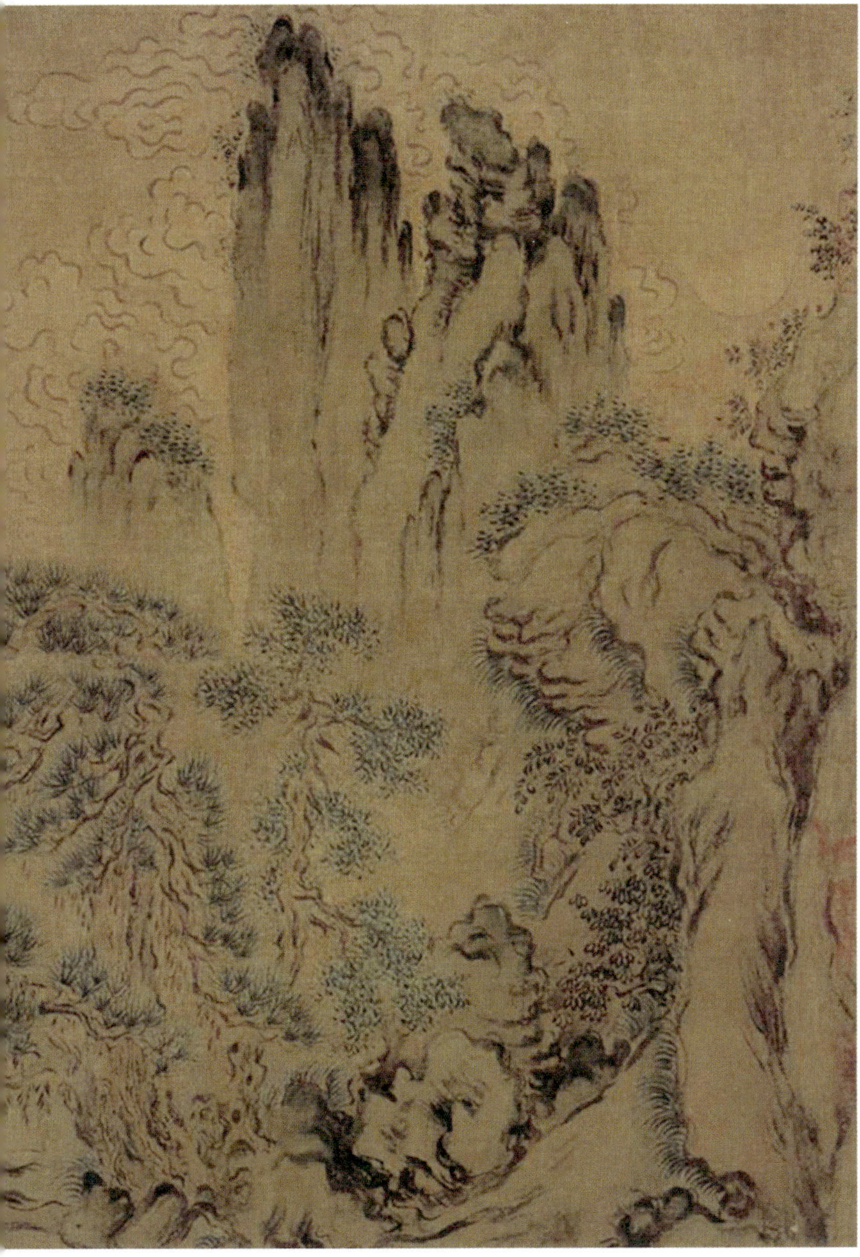

采薇

采薇采薇,薇亦作止①。曰归曰归,岁亦莫止②。
靡室靡家,猃狁之故③。不遑启居,猃狁之故④。

采薇采薇,薇亦柔止。曰归曰归,心亦忧止。
忧心烈烈,载饥载渴⑤。我戍未定,靡使归聘⑥。

采薇采薇,薇亦刚止⑦。曰归曰归,岁亦阳止⑧。
王事靡盬,不遑启处⑨。忧心孔疚,我行不来⑩!

① 薇:野豌豆。 作:生出。 止:语助词。
② 曰:语助词。 莫(mù):通"暮"。
③ 靡(mǐ):无。
　猃狁(xiǎnyǔn):古代西北少数民族名。
④ 遑:暇。 启居:跪坐。
⑤ 烈烈:指忧愁貌。 载(zài):又。
⑥ 聘(pìn):问候。
⑦ 刚:坚硬。
⑧ 阳:农历十月。
⑨ 盬(gǔ):止息。 启处:休息。
⑩ 孔:很、甚。 疚:病痛。 来:归、返。

彼尔维何？维常之华⑪。彼路斯何？君子之车⑫。
戎车既驾，四牡业业⑬。岂敢定居？一月三捷。

驾彼四牡，四牡骙骙⑭。君子所依，小人所腓⑮。
四牡翼翼，象弭鱼服⑯。岂不日戒？狁孔棘⑰！

昔我往矣，杨柳依依⑱。今我来思，雨雪霏霏。
行道迟迟，载渴载饥。我心伤悲，莫知我哀！

⑪ 尔：盛开。 常：棠棣，植物名。
⑫ 路：大车。 君子：指将帅。
⑬ 戎：车，兵车。 牡：雄马。 业业：强壮貌。
⑭ 骙（kuí）：马强壮貌。
⑮ 小人：士兵。 腓（féi）：掩护。
⑯ 翼翼：排列整齐的样子。
   弭：指弓两头弯曲处。 鱼服：鱼皮做的箭袋。
⑰ 戒：警惕。 棘：急。
⑱ 昔：从前，文中指出征时。
   往：指当初从军。

《毛诗序》——
"《采薇》，遣戍役也。文王之时，西有昆夷之患，北有狁之难。以天子之命，命将率遣戍役，以守卫中国。故歌《采薇》以遣之，《出车》以劳还，《杕杜》以勤归也。"

朱熹《诗集传》——
"此遣戍役之诗。以其出戍时采薇而食，而念归期之远也。"

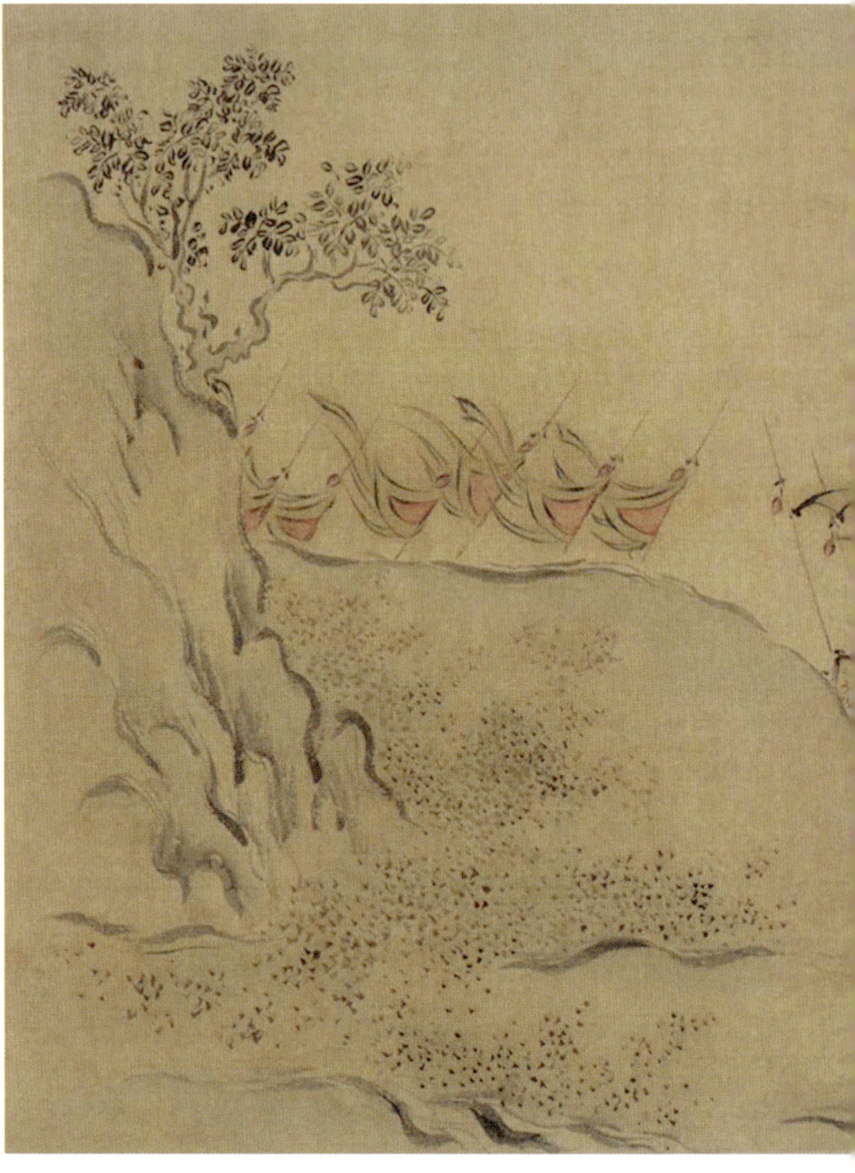

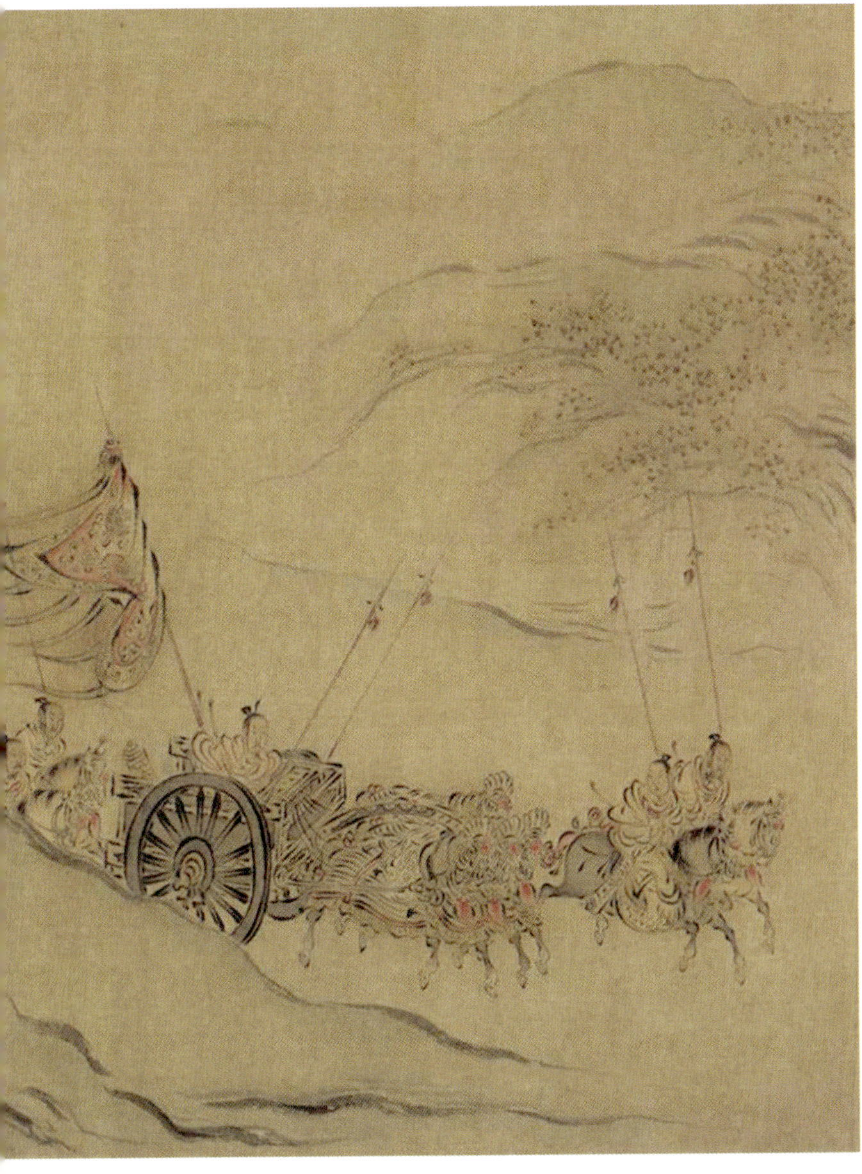

出车

我出我车，于彼牧矣①。自天子所，谓我来矣。
召彼仆夫，谓之载矣②。王事多难，维其棘矣③。

我出我车，于彼郊矣。设此旐矣，建彼旄矣④。
彼旟旐斯，胡不旆旆⑤？忧心悄悄，仆夫况瘁⑥。

王命南仲，往城于方⑦。出车彭彭，旂旐央央⑧。
天子命我，城彼朔方。赫赫南仲，玁狁于襄⑨。

① 牧：指城郊。
② 仆夫：车夫。
③ 难：指外患。 棘：急。
④ 旐（zhào）：绘有龟蛇的旗。
　　旄（máo）：饰有牦牛尾的旗。
⑤ 旟（yú）：绘有鹰隼的旗。
　　旆旆（pèipèi）：古代旗帜末端燕尾状的飘带。
　　此处形容旌旗飘扬。
⑥ 悄悄：忧愁貌。 况瘁：形容憔悴。
⑦ 南仲：周宣王初年的军事统帅。
⑧ 旂（qí）：绘有蛟龙的旗。 央央：鲜明貌。
⑨ 赫赫：盛大显赫的样子。 襄：通"攘"。
⑩ 遑：暇。 启居：跪坐。

昔我往矣，黍稷方华。今我来思，雨雪载涂。
王事多难，不遑启居⑩。岂不怀归？畏此简书。

喓喓草虫，趯趯阜螽⑪。未见君子，忧心忡忡。
既见君子，我心则降⑫。赫赫南仲，薄伐西戎⑬。

春日迟迟，卉木萋萋⑭。仓庚喈喈，采蘩祁祁⑮。
执讯获丑，薄言还归⑯。赫赫南仲，狁于夷。

⑪ 喓喓（yāoyāo）：虫鸣声。 趯趯（titi）：跳跃。 《毛诗序》——
　　阜螽（zhōng）：蚱蜢。 "《出车》，劳还率也。"
⑫ 降：指安心。
⑬ 薄：语助词。 西戎：古代西北少数民族。
⑭ 萋萋：草生长茂盛的样子。
⑮ 蘩（fán）：白蒿。 祁祁：（采蘩者）众多。
⑯ 执讯：捉住敌人审讯。 获丑：指杀敌割耳。
　　还（xuán）：通"旋"，凯旋。

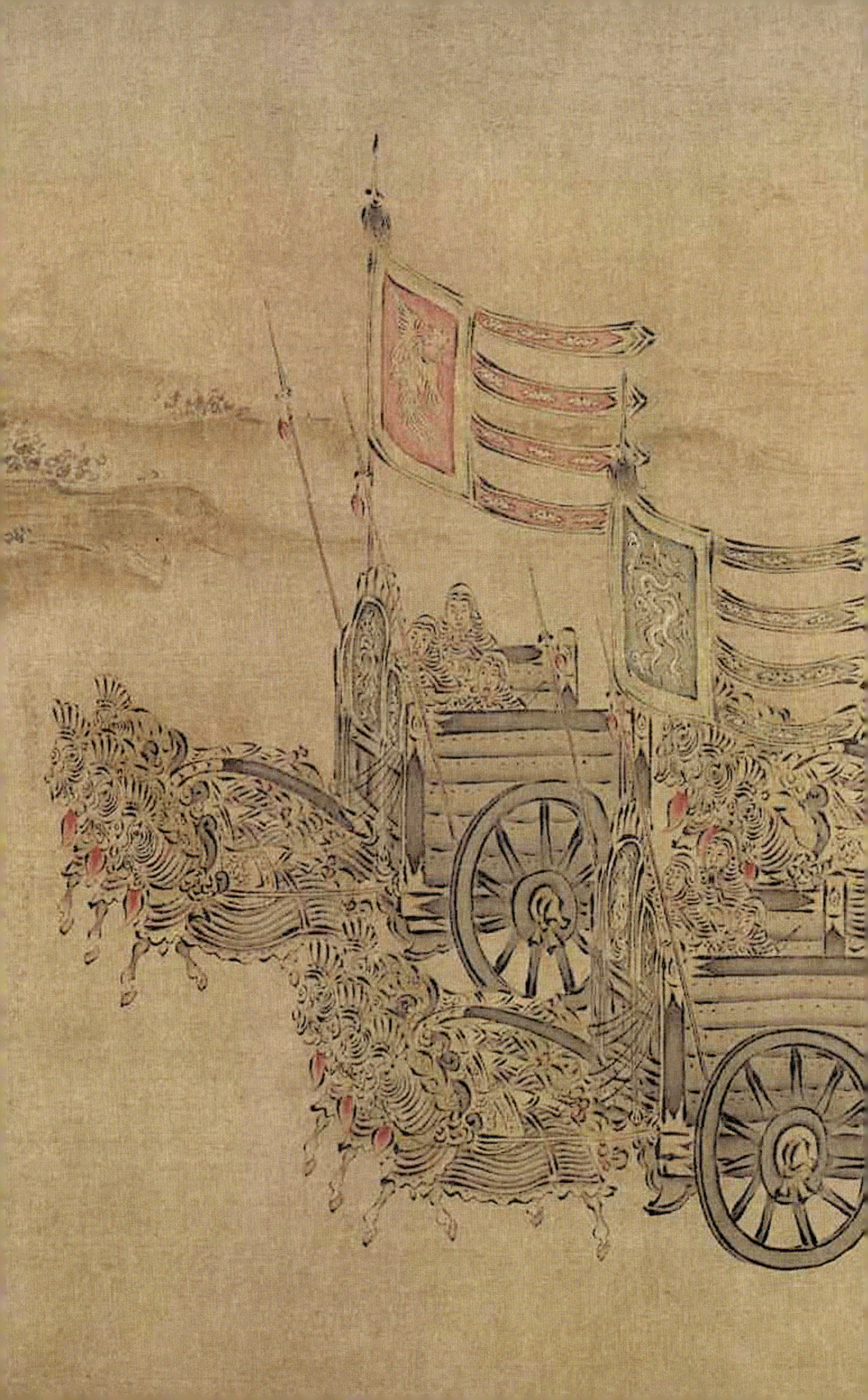

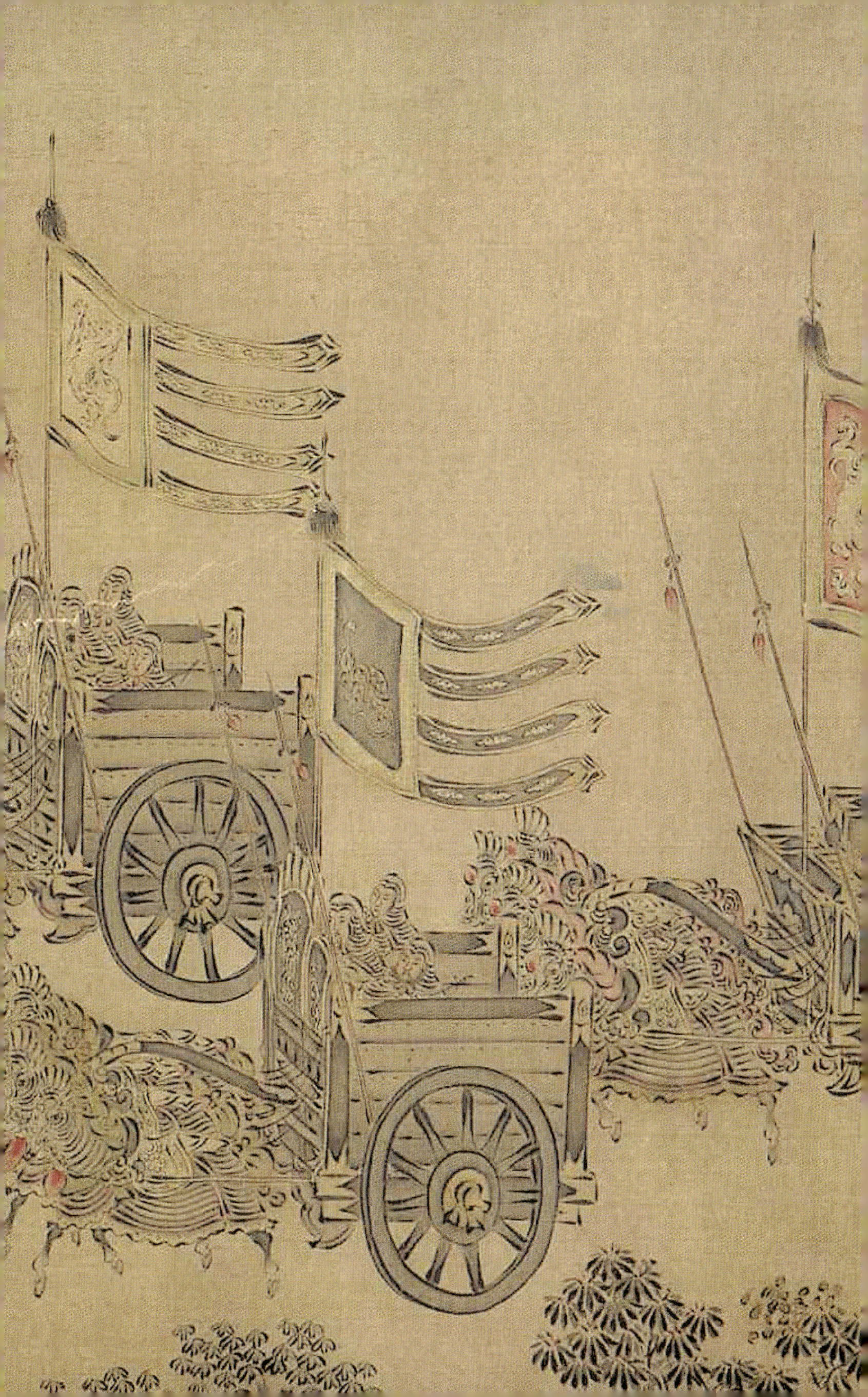

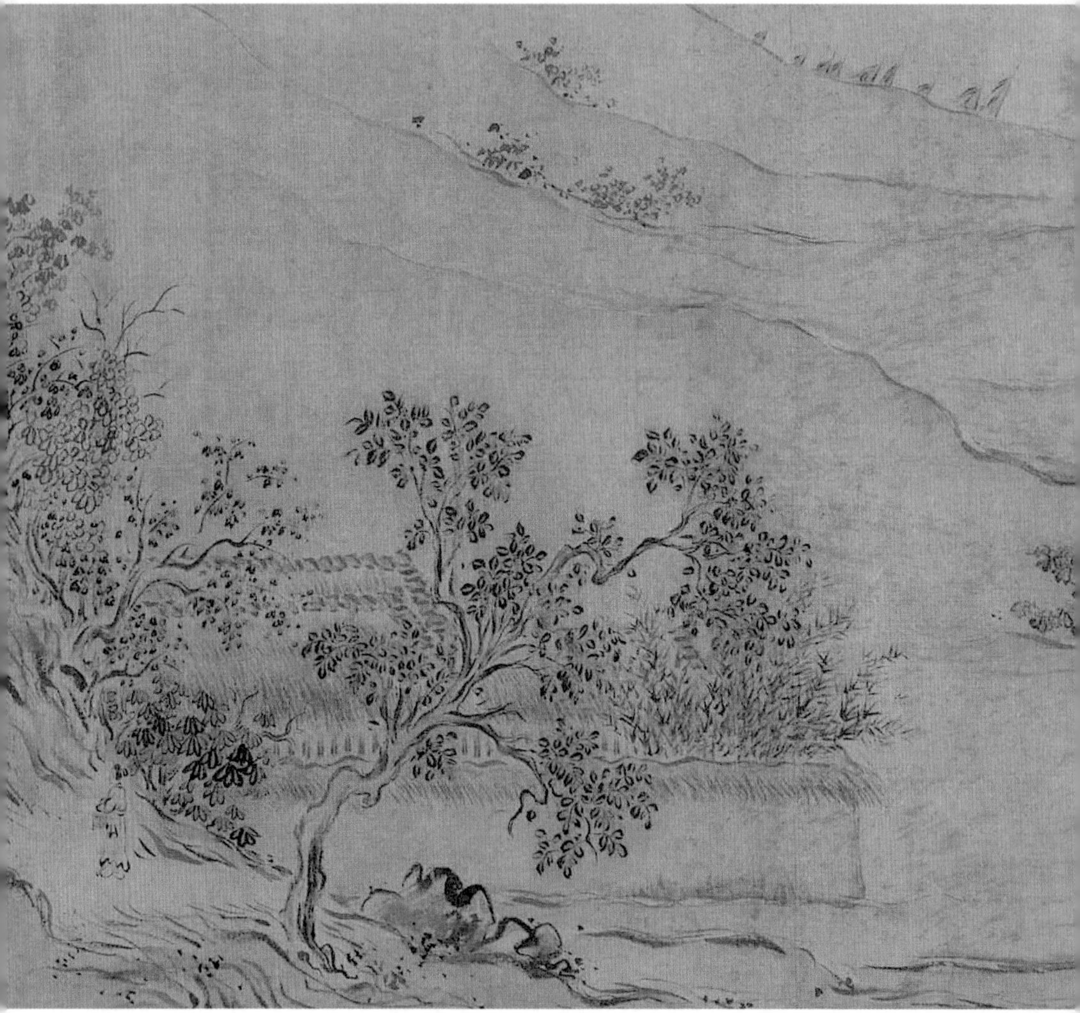

杕杜

有杕之杜，有睆其实①。王事靡盬，继嗣我日②。
日月阳止，女心伤止，征夫遑止③。

有杕之杜，其叶萋萋④。王事靡盬，我心伤悲。
卉木萋止，女心悲止，征夫归止！

陟彼北山，言采其杞⑤。王事靡盬，忧我父母。
檀车幝幝，四牡痯痯，征夫不远⑥！

匪载匪来，忧心孔疚⑦。期逝不至，而多为恤⑧。
卜筮偕止，会言近止，征夫迩止⑨！

---

① 杕（dì）：孤立貌。 杜：杜梨。
　睆（huǎn）：光泽。 实：果实。
② 靡：无。 盬（gǔ）：止息。 嗣：延续。
③ 阳：农历十月。 止：语气词，无实意。 遑：暇。
④ 萋萋：草生长茂盛的样子。
⑤ 陟（zhì）：登。
⑥ 檀车：檀木车轮的役车。
　幝幝（chǎnchǎn）：破败貌。
　牡：雄马。 痯（guǎn）：疲劳。
⑦ 匪：通"非"。 载：装载。 孔：很、甚。 疚：病。
⑧ 期逝：指逾期。 恤：忧愁。
⑨ 卜筮（shì）：以龟甲兽骨占卜为"卜"，以蓍草占卜为"筮"。
　言：语助词。 迩（ěr）：近。

《毛诗序》——
"《杕杜》，劳还役也。"

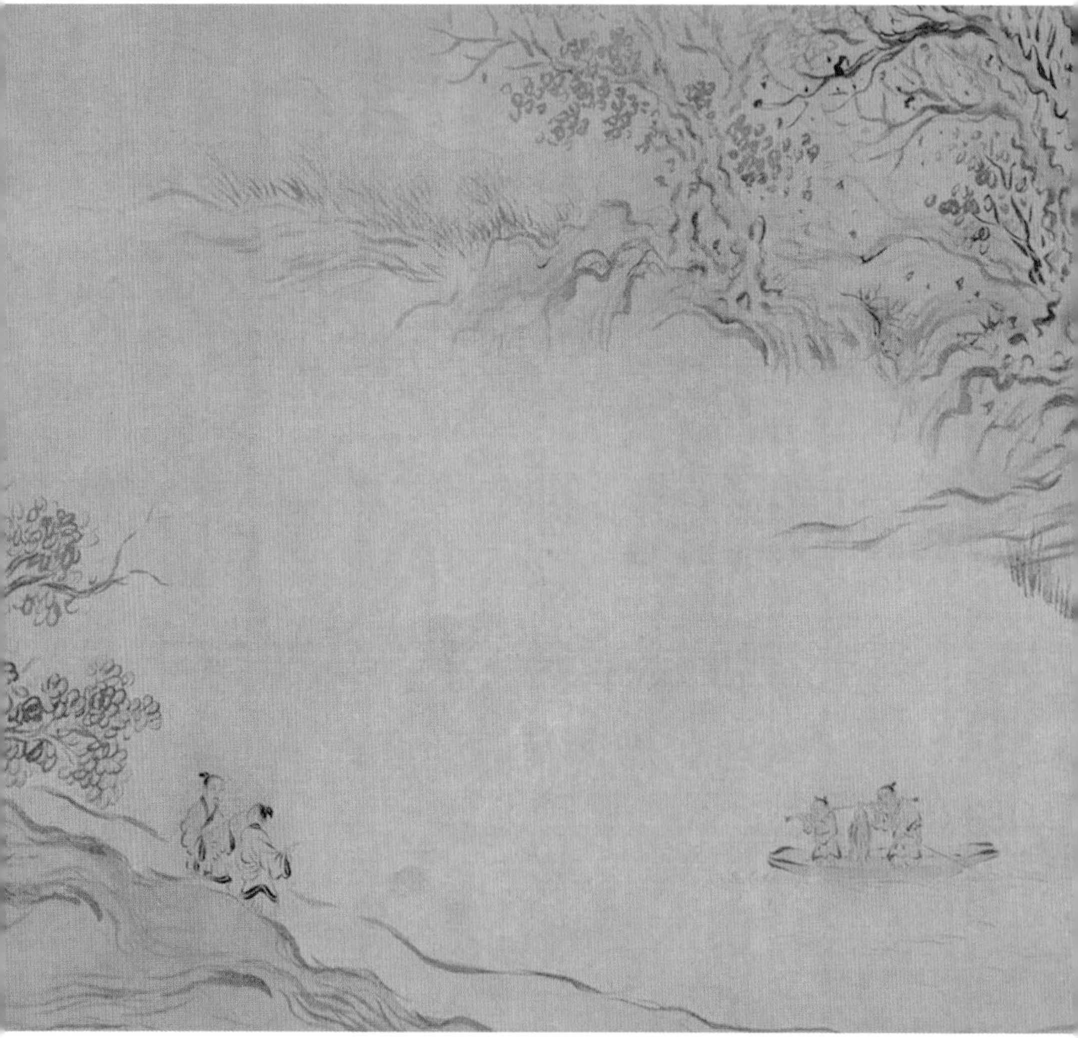

鱼丽

鱼丽于罶，鲿鲨①。君子有酒，旨且多②。

鱼丽于罶，鲂鳢③。君子有酒，多且旨。

鱼丽于罶，鰋鲤④。君子有酒，旨且有。

物其多矣，维其嘉矣⑤！

物其旨矣，维其偕矣⑥！

物其有矣，维其时矣⑦！

① 丽（lí）：通"罹"。一说形容鱼跳跃状。
  罶（liǔ）：捕鱼用的竹笼。
  鲿（cháng）：黄颊鱼，体型大。
  鲨：吹沙鱼，体型小。
② 旨：味美。
③ 鲂（fáng）：鳊鱼。 鳢（lǐ）：黑鱼。
④ 鰋（yǎn）：鲇鱼。
⑤ 嘉：好、善。
⑥ 偕：同"嘉"。
⑦ 时：及时。

《毛诗序》——
"《鱼丽》，美万物盛多，能备礼也。文武以《天保》以上治内，《采薇》以下治外，始于忧勤，终于逸乐，故美万物盛多，可以告于神明矣。"

朱熹《诗集传》——
"此燕飨通用之乐歌。即燕飨所荐之羞，而极道其美且多，见主人礼意之勤，以优宾也。"

南有嘉鱼

南有嘉鱼，烝然罩罩①。
君子有酒，嘉宾式燕以乐②。

南有嘉鱼，烝然汕汕。
君子有酒，嘉宾式燕以衎③。

南有樛木，甘瓠累之④。
君子有酒，嘉宾式燕绥之⑤。

翩翩者鵻，烝然来思⑥。
君子有酒，嘉宾式燕又思⑦。

---

① 南：指南方一带。　嘉：好、善。　烝（zhēng）：众多。
　 罩罩：鱼群游泳貌。一说为捕鱼工具。下文"汕汕"亦同。
② 式：语助词。　燕：通"宴"，宴会。
③ 衎（kàn）：快乐。
④ 樛（jiū）木：向下弯曲的树木。
　 瓠：葫芦。　累：缠绕。
⑤ 绥：安然。
⑥ 鵻（zhuī）：鹁鸪。　思：语助词。
⑦ 又：通"右"、"侑"，劝酒。

《毛诗序》——
"《南有嘉鱼》，乐与贤也。太平君子至诚，乐与贤者共之也。"

朱熹《诗集传》——
"此亦燕飨通用之乐。"

南山有臺

南山有台，北山有莱①。乐只君子，邦家之基②。
乐只君子，万寿无期。

南山有桑，北山有杨。乐只君子，邦家之光。
乐只君子，万寿无疆。

南山有杞，北山有李③。乐只君子，民之父母。
乐只君子，德音不已④。

南山有栲，北山有杻⑤。乐只君子，遐不眉寿⑥。
乐只君子，德音是茂。

南山有枸，北山有楰⑦。乐只君子，遐不黄耇⑧。
乐只君子，保艾尔后⑨。

① 台：通"苔"，莎草，可制蓑衣。
  莱：亦作"藜"，藜草。
② 只：语助词。　邦家：国家。
③ 杞：树名。
④ 德音：好的声誉。
⑤ 栲（kǎo）：一种常绿乔木。
  杻（niǔ）：檍树，古书上的一种树木。
⑥ 遐：何。　眉寿：长寿。眉有秀毛，是长寿之相。
⑦ 枸（jǔ）：枳椇，树名。　楰（yú）：苦楸，树名。
⑧ 黄耇（gǒu）：老人白发日久愈黄，形容长寿。
⑨ 保艾：保护养育。　后：后代。

《毛诗序》——
"《南山有台》，乐得贤也，得贤则能为邦家立太平之基矣。"

朱熹《诗集传》——
"此亦燕飨通用之乐。……所以道达主人尊宾之意，美其德而祝其寿也。"

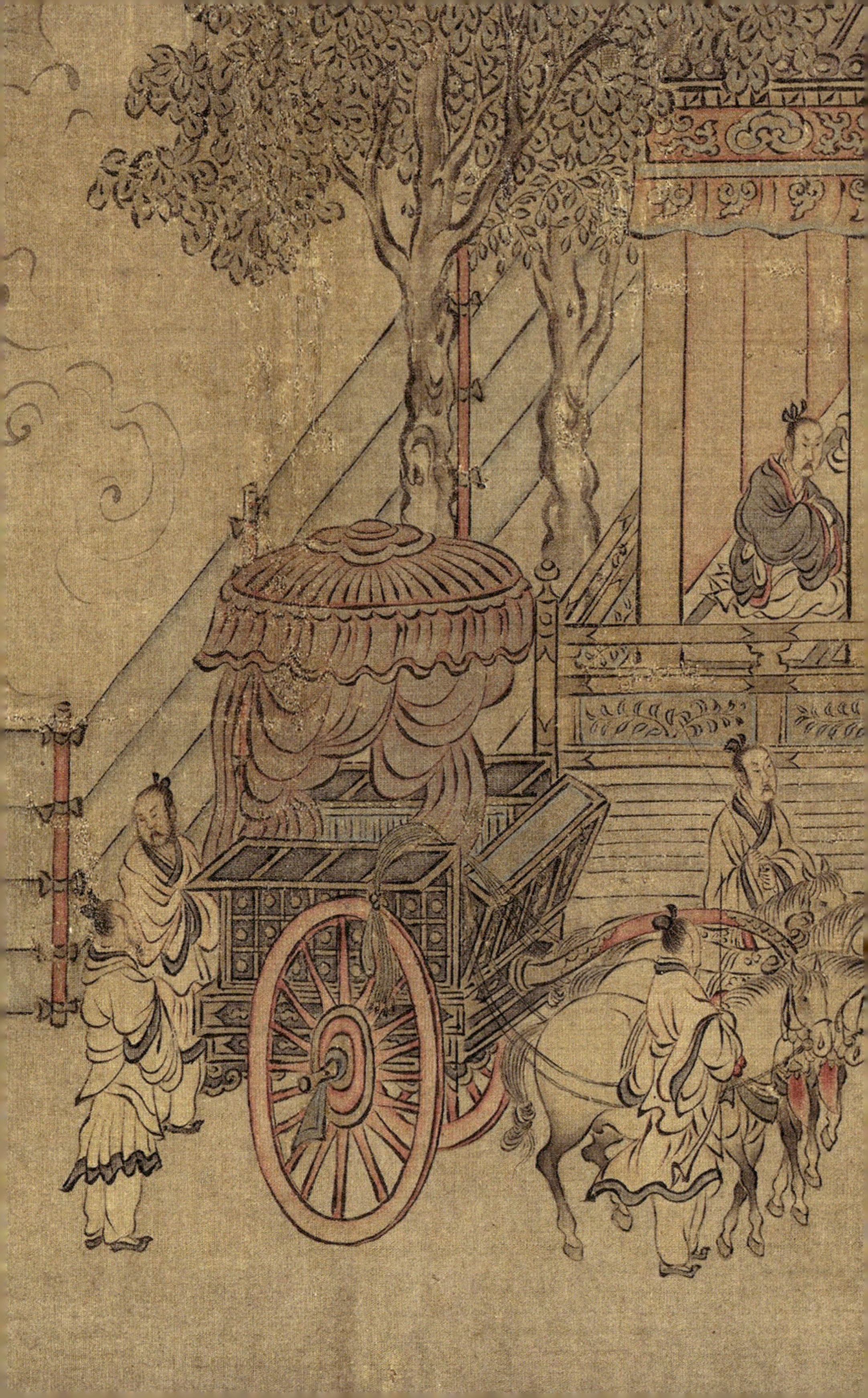

蓼萧

蓼彼萧斯,零露湑兮①。既见君子,我心写兮②。
燕笑语兮,是以有誉处兮③。

蓼彼萧斯,零露瀼瀼④。既见君子,为龙为光⑤。
其德不爽,寿考不忘⑥。

蓼彼萧斯,零露泥泥⑦。既见君子,孔燕岂弟⑧。
宜兄宜弟,令德寿岂⑨。

蓼彼萧斯,零露浓浓。既见君子,鞗革冲冲⑩。
和鸾雝雝,万福攸同⑪。

① 蓼(lù):长、大。 萧:白蒿。 零:降落。
　 湑(xǔ):形容露水盛。一说形容露水清澈。
② 写(xiè):通"泄",舒畅。
③ 燕:通"宴",宴会。 誉:乐。 处:安。
④ 瀼瀼(rángráng):形容露水重。
⑤ 为:被。 龙:古"宠"字。
⑥ 爽:差。
⑦ 泥泥:形容露水濡湿。
⑧ 孔燕:盛筵。 岂弟(kǎitì):即"恺悌",快乐易近人。
⑨ 宜兄宜弟:形容关系和睦,犹如兄弟。宜,适宜。
　 令德:美德。 岂(kǎi):快乐。
⑩ 鞗(tiáo)革:马辔首上的装饰物。
　 冲冲:指饰物下垂的样子。
⑪ 鸾:挂在车马上的铜铃。
　 雝雝(yōngyōng):铜铃声。 攸:所。 同:聚。

《毛诗序》——
"《蓼萧》,泽及四海也。"

朱熹《诗集传》——
"诸侯朝于天子,天子与之燕,以示慈惠,故歌此诗。"

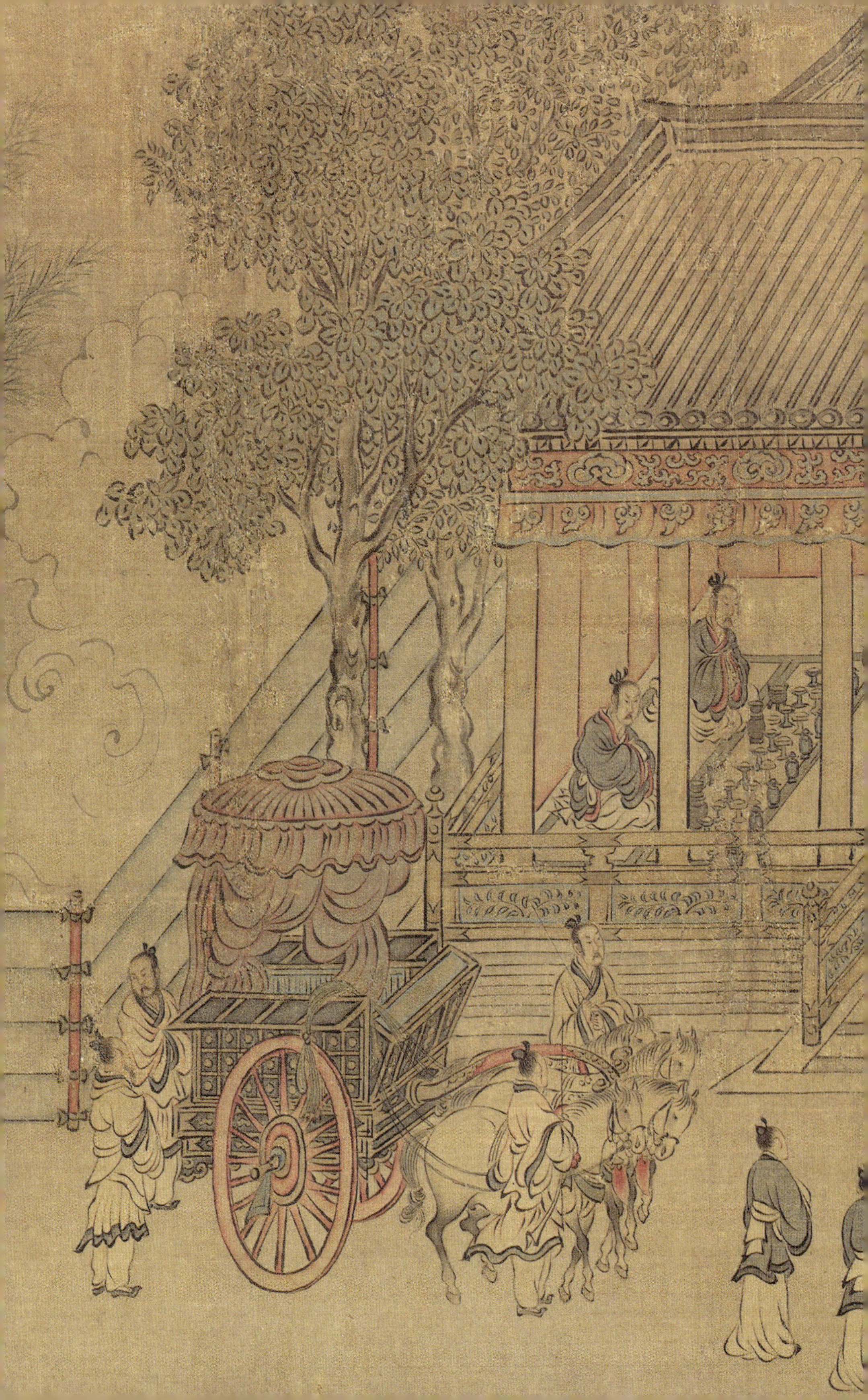

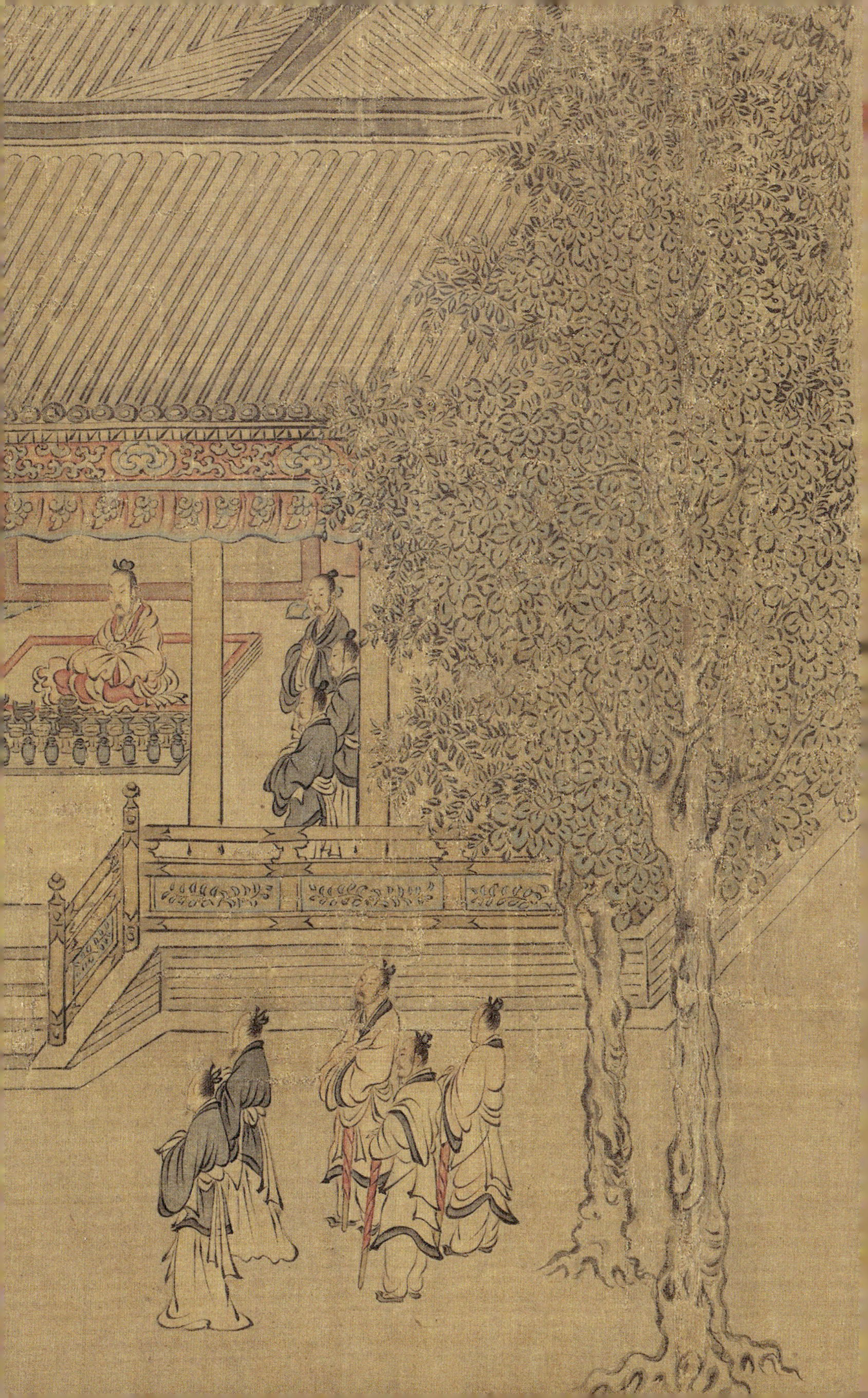

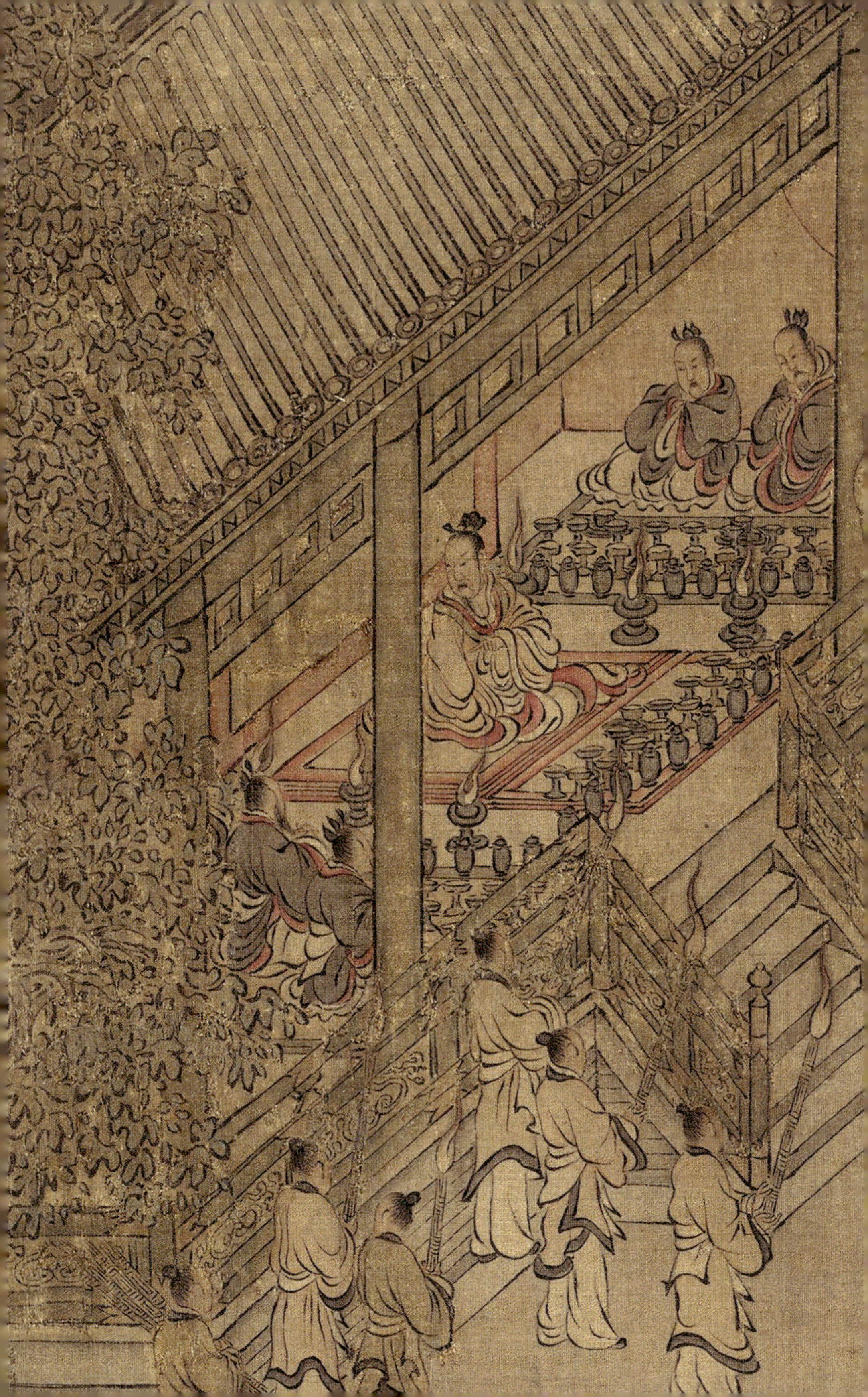

湛露

湛湛露斯，匪阳不晞①。
厌厌夜饮，不醉无归②。

湛湛露斯，在彼丰草。
厌厌夜饮，在宗载考③。

湛湛露斯，在彼杞棘④。
显允君子，莫不令德⑤。

其桐其椅，其实离离⑥。
岂弟君子，莫不令仪⑦。

① 湛湛：形容露水重。 匪：通"非"。 晞（xī）：干。
② 厌厌：安闲貌。
③ 宗：宗庙。 载：通"再"。
④ 杞棘：枸杞树和酸枣树。
⑤ 显：光明。 允：诚信。 令德：美德。
⑥ 椅：桐树一类的植物。 离离：茂盛下垂貌。
⑦ 岂弟（kǎitì）：即"恺悌"，快乐易近人。
　 令仪：好的威仪举止。

《毛诗序》——
"《湛露》，天子燕诸侯也。"

朱熹《诗集传》——
"此亦天子燕诸侯之诗。言湛湛露斯，非日则不晞。犹厌厌夜饮，不醉则不归。盖于其夜饮之终而歌之也。"

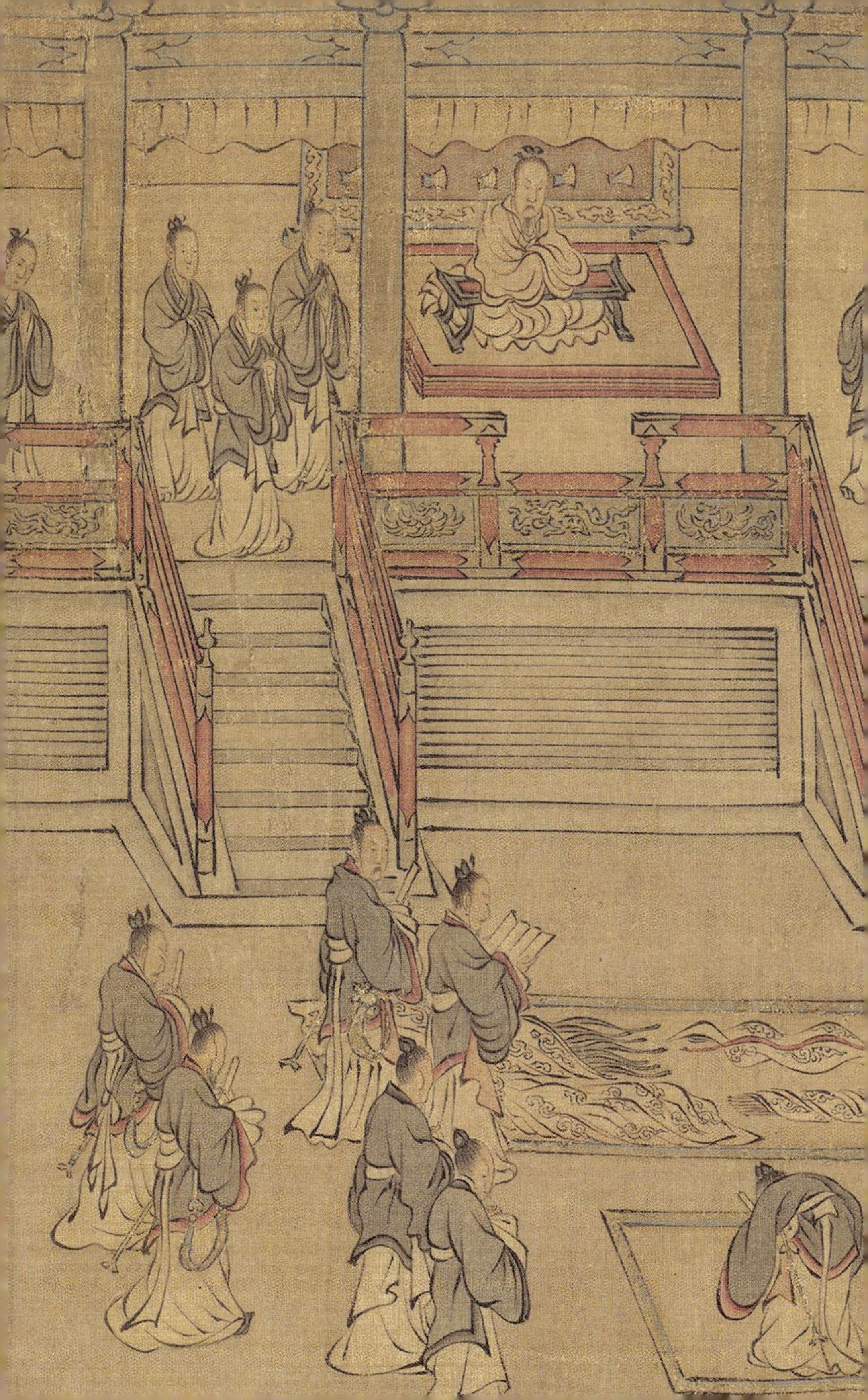

彤弓

彤弓弨兮，受言藏之①。
我有嘉宾，中心贶之②。
钟鼓既设，一朝飨之③。

彤弓弨兮，受言载之。
我有嘉宾，中心喜之。
钟鼓既设，一朝右之④。

彤弓弨兮，受言櫜之⑤。
我有嘉宾，中心好之。
钟鼓既设，一朝酬之。

① 彤弓：红色的赐弓。 弨（chāo）：放松貌。
② 嘉宾：指诸侯。 中心：内心。 贶（kuàng）：赠。
③ 一朝：一上午。
④ 右：通"侑"，劝酒。
⑤ 櫜（gāo）：弓囊。

《毛诗序》——
"《彤弓》，天子锡有功诸侯也。"

朱熹《诗集传》——
"此天子燕有功诸侯而锡以弓矢之乐歌也。"

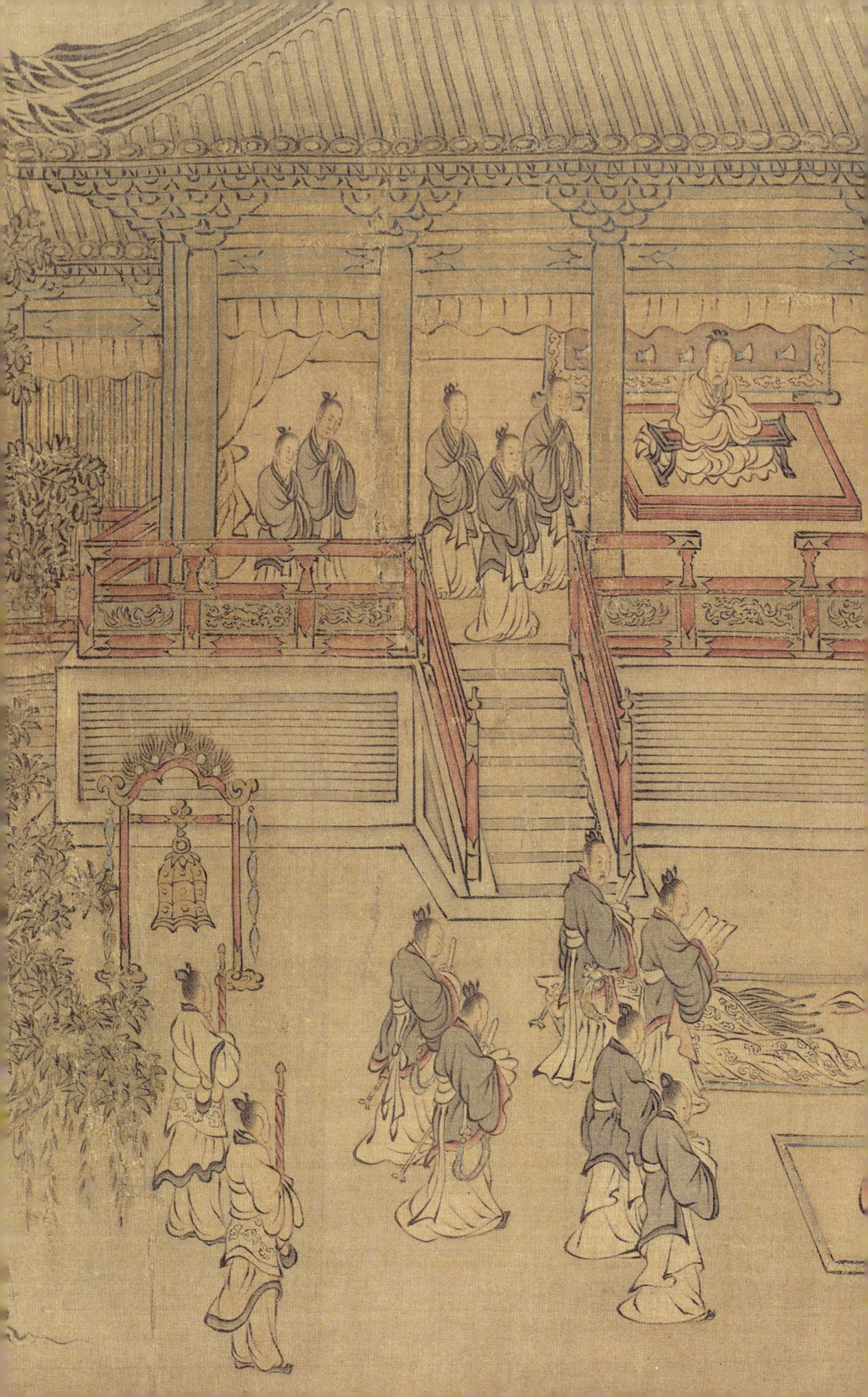

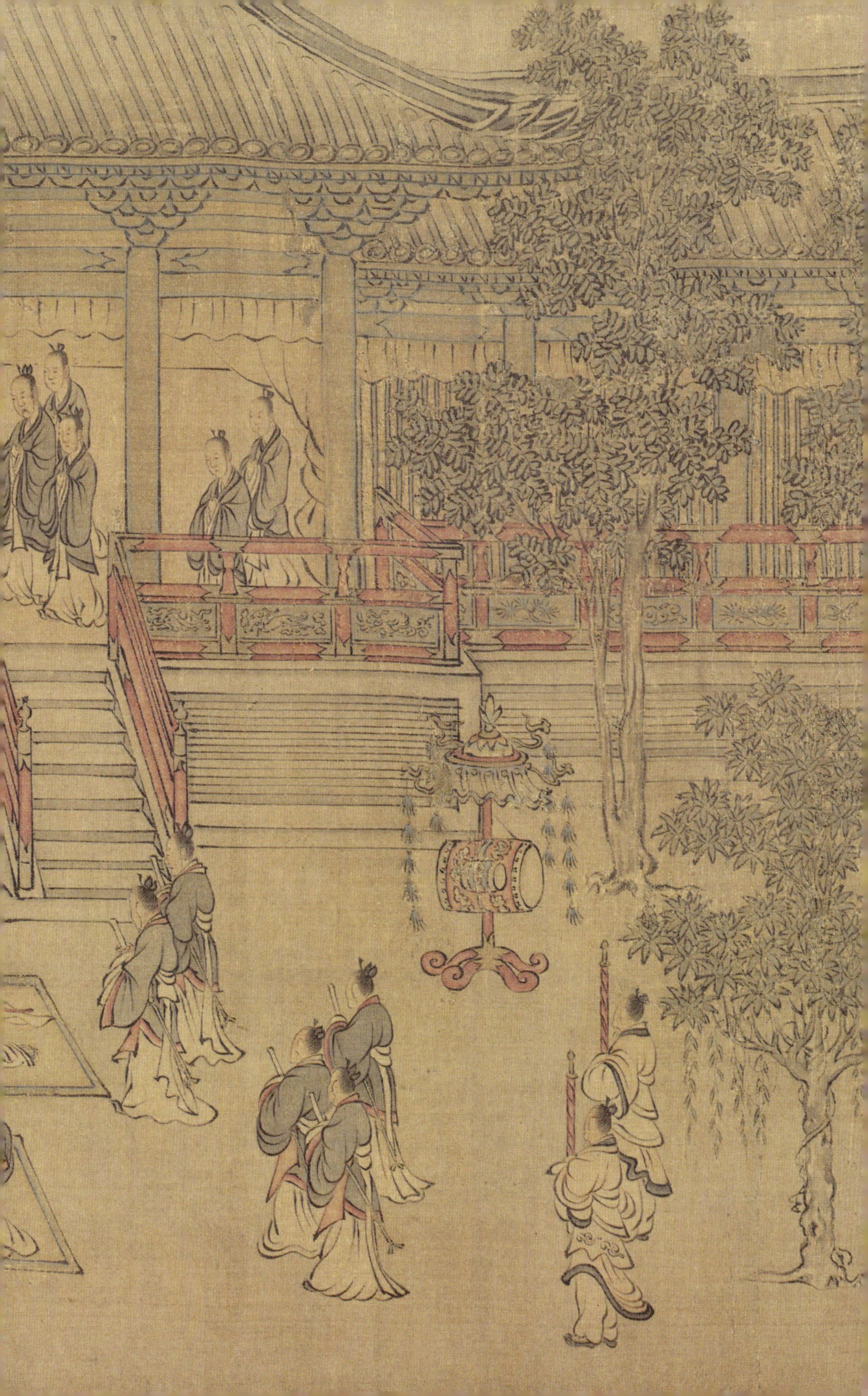

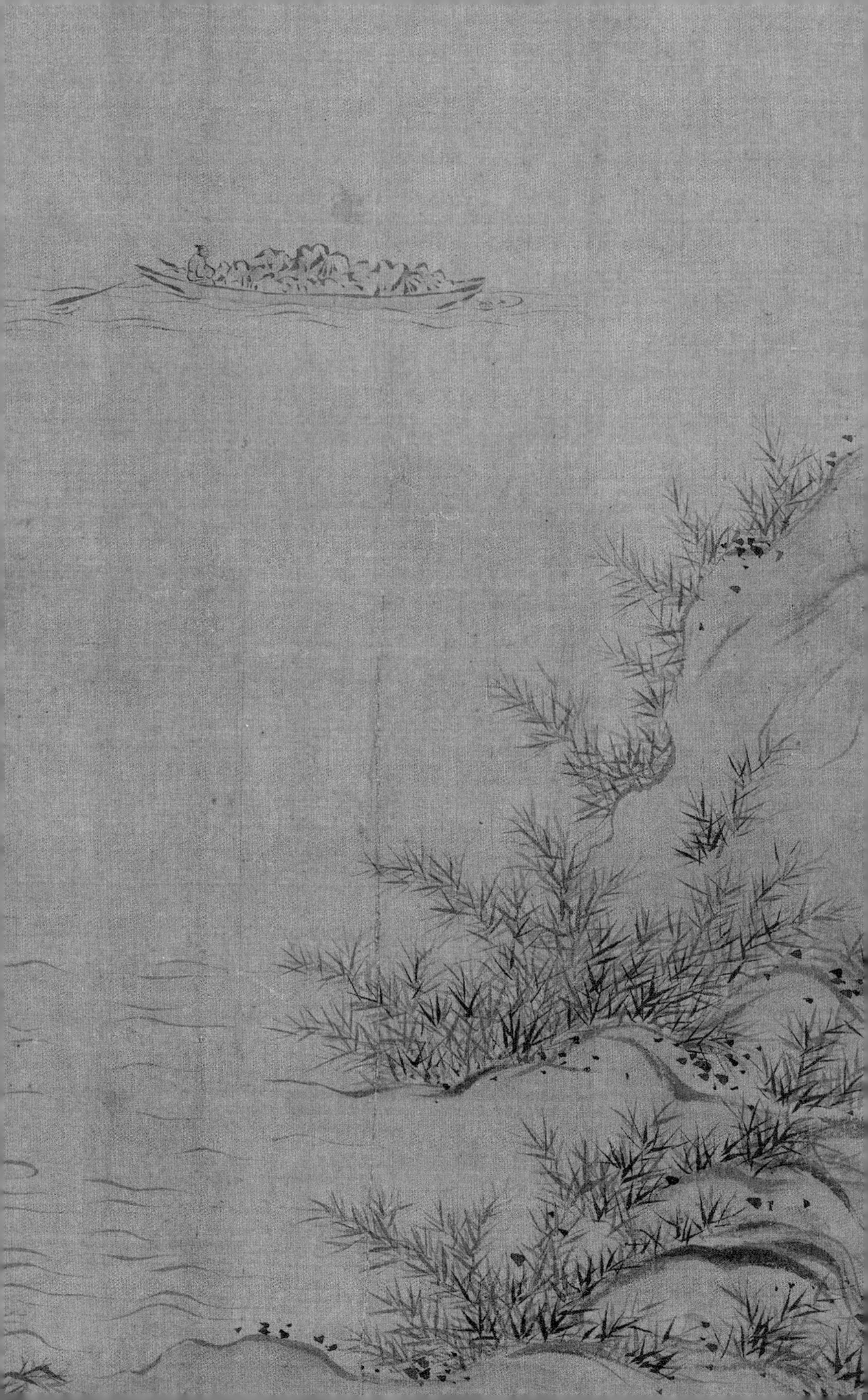

菁菁者莪

菁菁者莪，在彼中阿①。
既见君子，乐且有仪②。

菁菁者莪，在彼中沚③。
既见君子，我心则喜。

菁菁者莪，在彼中陵④。
既见君子，锡我百朋⑤。

泛泛杨舟，载沉载浮。
既见君子，我心则休⑥。

① 菁菁（jīngjīng）：草木茂盛。
   莪（é）：莪蒿，植物名。 阿：大丘陵为"阿"。
② 仪：威仪。
③ 沚：水中小沙洲。
④ 陵：土山。
⑤ 锡：即"赐"。
   朋：古代货币为贝壳，五贝一串，两串为"朋"。
⑥ 休：喜。

《毛诗序》——
"《菁菁者莪》，乐育才也。君子能常育人材，则天下喜乐之矣。"

朱熹《诗集传》——
"此亦燕饮宾客之诗。"

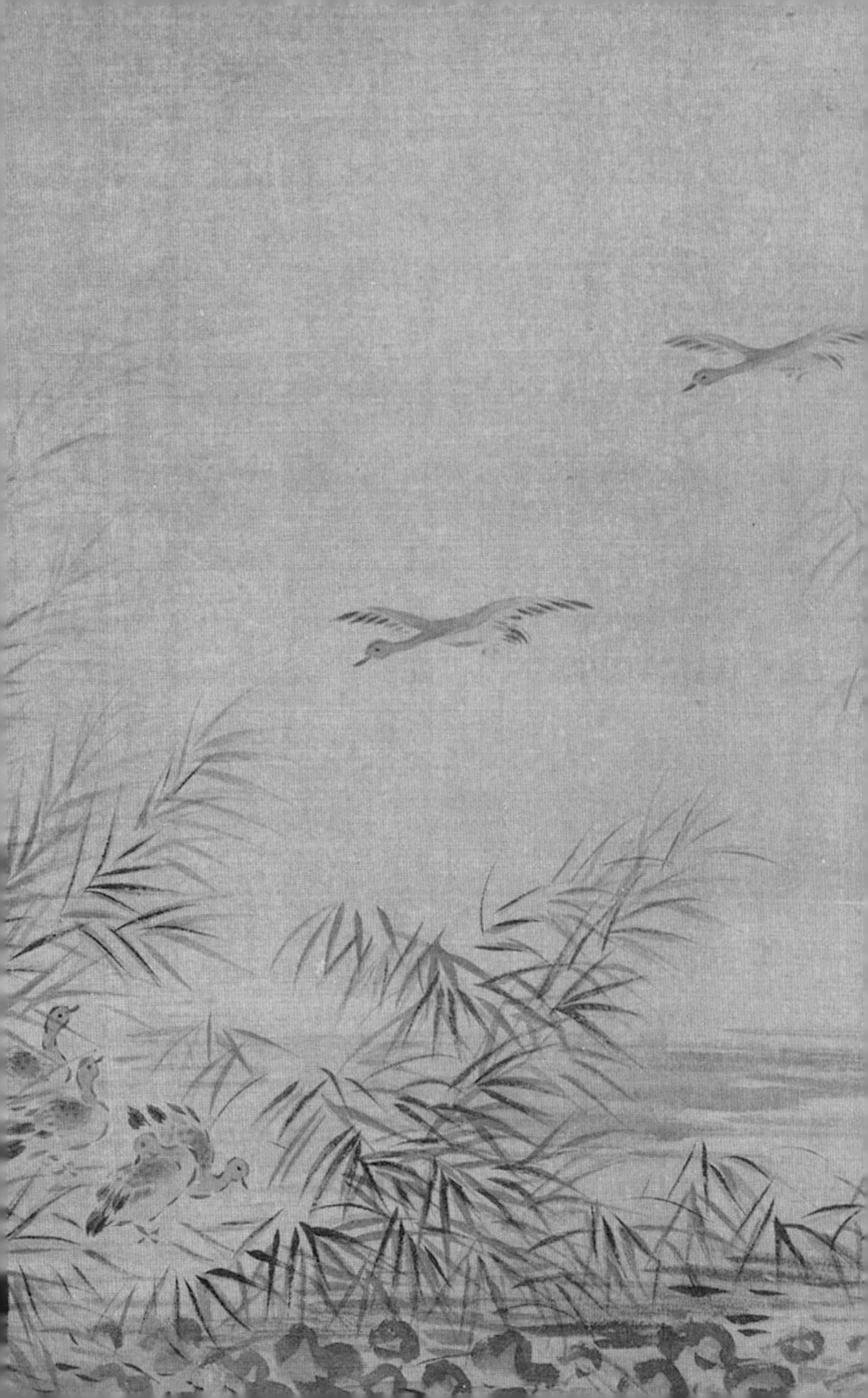

鸿雁

鸿雁于飞,肃肃其羽①。
之子于征,劬劳于野②。
爰及矜人,哀此鳏寡③。

鸿雁于飞,集于中泽。
之子于垣,百堵皆作④。
虽则劬劳,其究安宅⑤。

鸿雁于飞,哀鸣嗷嗷。
维此哲人,谓我劬劳。
维彼愚人,谓我宣骄。

① 肃肃:指鸿雁扇动翅膀的声音。
② 劬(qú)劳:辛劳。
③ 爰(yuán):语助词。 矜人:指穷苦平民。
　 鳏(guān):老而无妻者。 寡:老而无夫者。
④ 垣、堵:均指墙。 作:建筑。
⑤ 究:终究。 宅:居住。

《毛诗序》——
"《鸿雁》,美宣王也。万民离散,不安其居,而能劳来还定安集之,至于矜寡,无不得其所焉。"

朱熹《诗集传》——
"旧说,周室中衰,万民离散,而宣王能劳来、还定、安集之,故流民喜之而作此诗。"

庭燎

夜如何其？夜未央，庭燎之光①。
君子至止，鸾声将将②。

夜如何其？夜未艾，庭燎晢晢③。
君子至止，鸾声哕哕。

夜如何其？夜乡晨，庭燎有煇④。
君子至止，言观其旂⑤。

① 庭燎：古代庭中照明用的火炬。
② 君子：指上朝的诸侯。 鸾：挂在车马上的铜铃。
③ 晢晢（zhézhé）：明亮。
④ 乡晨：即"向晨"，天将明。 煇（xūn）：火气。
⑤ 言：语助词。 旂（qí）：绘有蛟龙的旗帜。

《毛诗序》——
"《庭燎》，美宣王也。因以箴之。"

朱熹《诗集传》——
"王将起视朝，不安于寝，而问夜之早晚曰：夜如何哉？夜虽未央，而庭燎光矣。朝者至，而闻其鸾声矣。"

白驹

皎皎白驹，食我场苗①。絷之维之，以永今朝②。
所谓伊人，于焉逍遥③。

皎皎白驹，食我场藿④。絷之维之，以永今夕。
所谓伊人，于焉嘉客。

皎皎白驹，贲然来思⑤。尔公尔侯，逸豫无期⑥。
慎尔优游，勉尔遁思⑦。

皎皎白驹，在彼空谷。生刍一束，其人如玉⑧。
毋金玉尔音，而有遐心⑨。

① 皎皎：光洁貌。 场：菜园。
② 絷（zhí）：绊。 维：指系住。
③ 于焉：在何处。
④ 藿（huò）：豆叶。
⑤ 贲（bì）然：装饰好的样子。 思：语助词。
⑥ 逸豫：安乐。
⑦ 勉：劝诫。 遁：避世。
⑧ 生刍：青草。
⑨ 金玉：作动词用，爱惜、保护。
　遐心：指疏远的心。

《毛诗序》——
"《白驹》，大夫刺宣王也。"

朱熹《诗集传》——
"为此诗者，以贤者之去而不可留也，故托以其所乘之驹食我场苗而絷维之，庶几以永今朝，使其人得以于此逍遥而不去。"

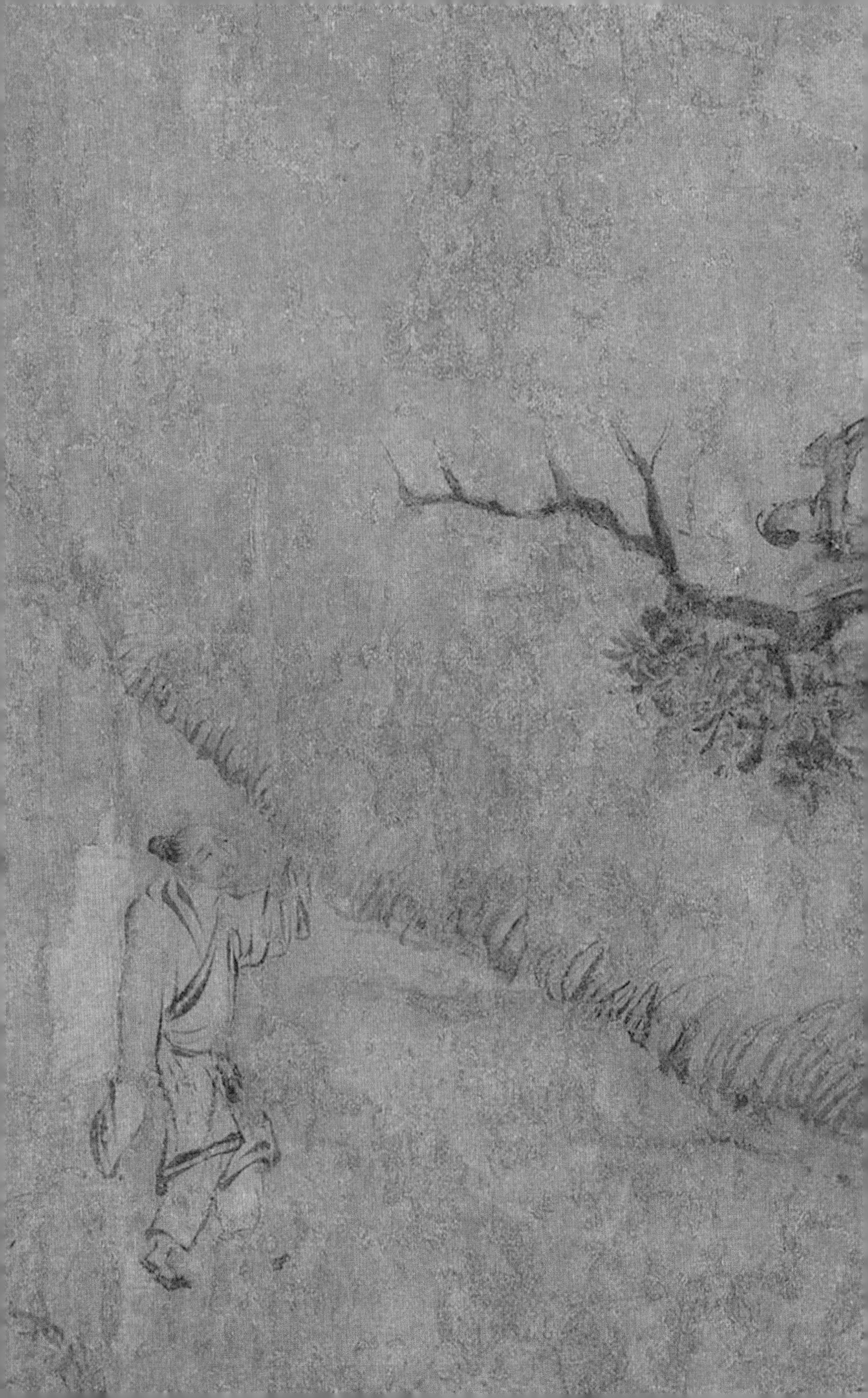

黄鸟

黄鸟黄鸟，无集于榖，无啄我粟。
此邦之人，不我肯榖①。
言旋言归，复我邦族。

黄鸟黄鸟，无集于桑，无啄我粱。
此邦之人，不可与明②。
言旋言归，复我诸兄。

黄鸟黄鸟，无集于栩，无啄我黍。
此邦之人，不可与处。
言旋言归，复我诸父③。

① 榖：善。
② 明（méng）：通"盟"，信任。
③ 父：同族叔伯父。

《毛诗序》——
"《黄鸟》，刺宣王也。"

朱熹《诗集传》——
"民适异国，不得其所，故作此诗。"

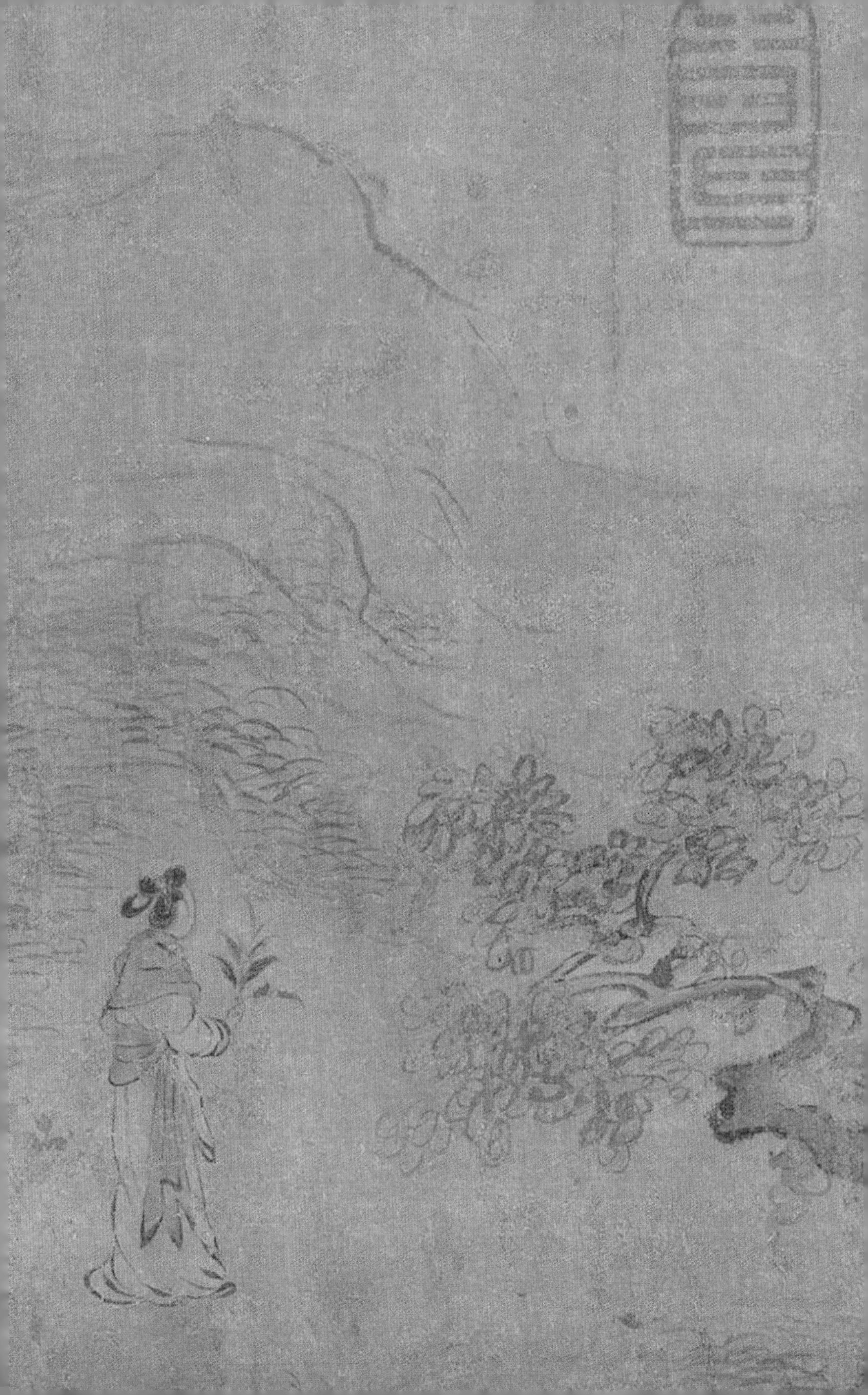

我行其野

我行其野,蔽芾其樗①。
昏姻之故,言就尔居②。
尔不我畜,复我邦家③。

我行其野,言采其蓫④。
昏姻之故,言就尔宿。
尔不我畜,言归斯复⑤。

我行其野,言采其葍⑥。
不思旧姻,求尔新特⑦。
成不以富,亦祗以异⑧。

① 蔽芾(fèi):树微小貌。 樗(chū):臭椿树。
② 言:语助词。 就:从。
③ 畜:养。一说为爱。
④ 蓫(chú):羊蹄菜。
⑤ 言、斯:语助词。
⑥ 葍(fú):一种蔓草,根可御饥。
⑦ 特:配偶。
⑧ 成:同"诚"。 异:异心。

《毛诗序》——
"《我行其野》,刺宣王也。"

朱熹《诗集传》——
"民适异国依其婚姻,而不见收恤,故作此诗。"

无羊

谁谓尔无羊？三百维群①。
谁谓尔无牛？九十其犉②。
尔羊来思，其角濈濈③。
尔牛来思，其耳湿湿④。

或降于阿，或饮于池，或寝或讹⑤。
尔牧来思，何蓑何笠，或负其餱⑥。
三十维物，尔牲则具⑦。

---

① 维：为。
② 犉（chún）：黄毛黑唇的牛。
③ 思：语助词。 濈濈（jíjí）：形容羊角聚集。
④ 湿湿：牛反刍时耳朵摇动的样子。
⑤ 阿（ē）：大丘陵为阿。 讹（é）：动。
⑥ 牧：放牧。 何：同"荷"，负荷。
　 餱（hóu）：干粮。
⑦ 物：指毛色。
　 牲：指祭祀用的牲畜。 具：备。

尔牧来思，以薪以蒸，以雌以雄⑧。
尔羊来思，矜矜兢兢，不骞不崩⑨。
麾之以肱，毕来既升⑩。

牧人乃梦，众维鱼矣，旐维旟矣⑪。
大人占之，众维鱼矣，实维丰年⑫。
旐维旟矣，室家溱溱⑬。

⑧ 以：取。 薪、蒸：粗柴为薪，细柴为蒸。
⑨ 骞：损失。 崩：混乱。
⑩ 麾：挥。 肱：手臂。 升：登、上。
⑪ 众：蝗虫。古人以为蝗虫可化为鱼，旱则为蝗，风调雨顺则化鱼。
旐（zhào）：绘有龟蛇的旗。
旟（yú）：绘有鹰隼的旗。
⑫ 大人：太卜，掌阴阳卜筮之法。
维：又，此处有变化之意。
⑬ 溱溱（zhēnzhēn）：兴盛貌。

《毛诗序》——
"《无羊》，宣王考牧也。"

朱熹《诗集传》——
"此诗言牧事有成而牛羊众多也。"

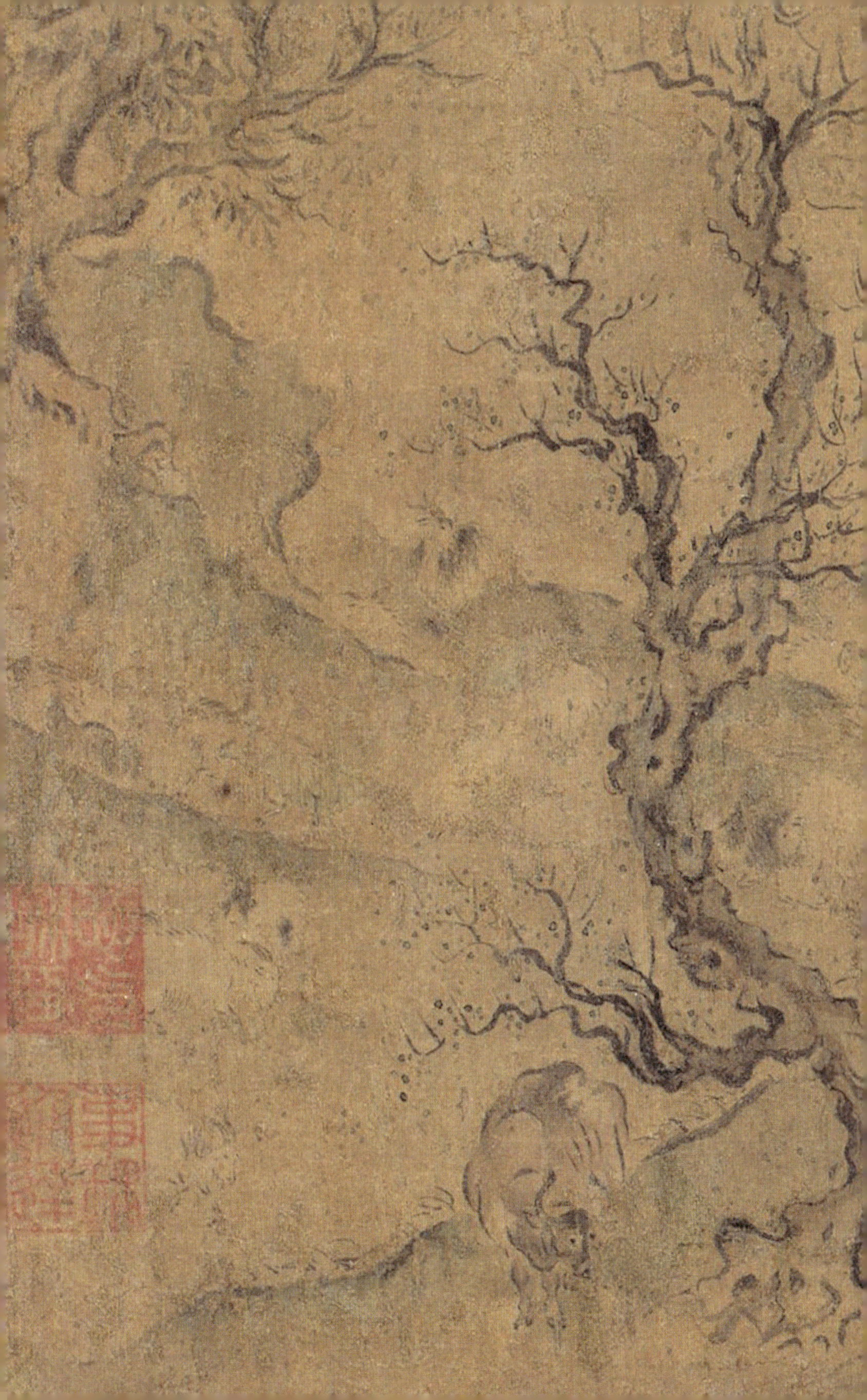

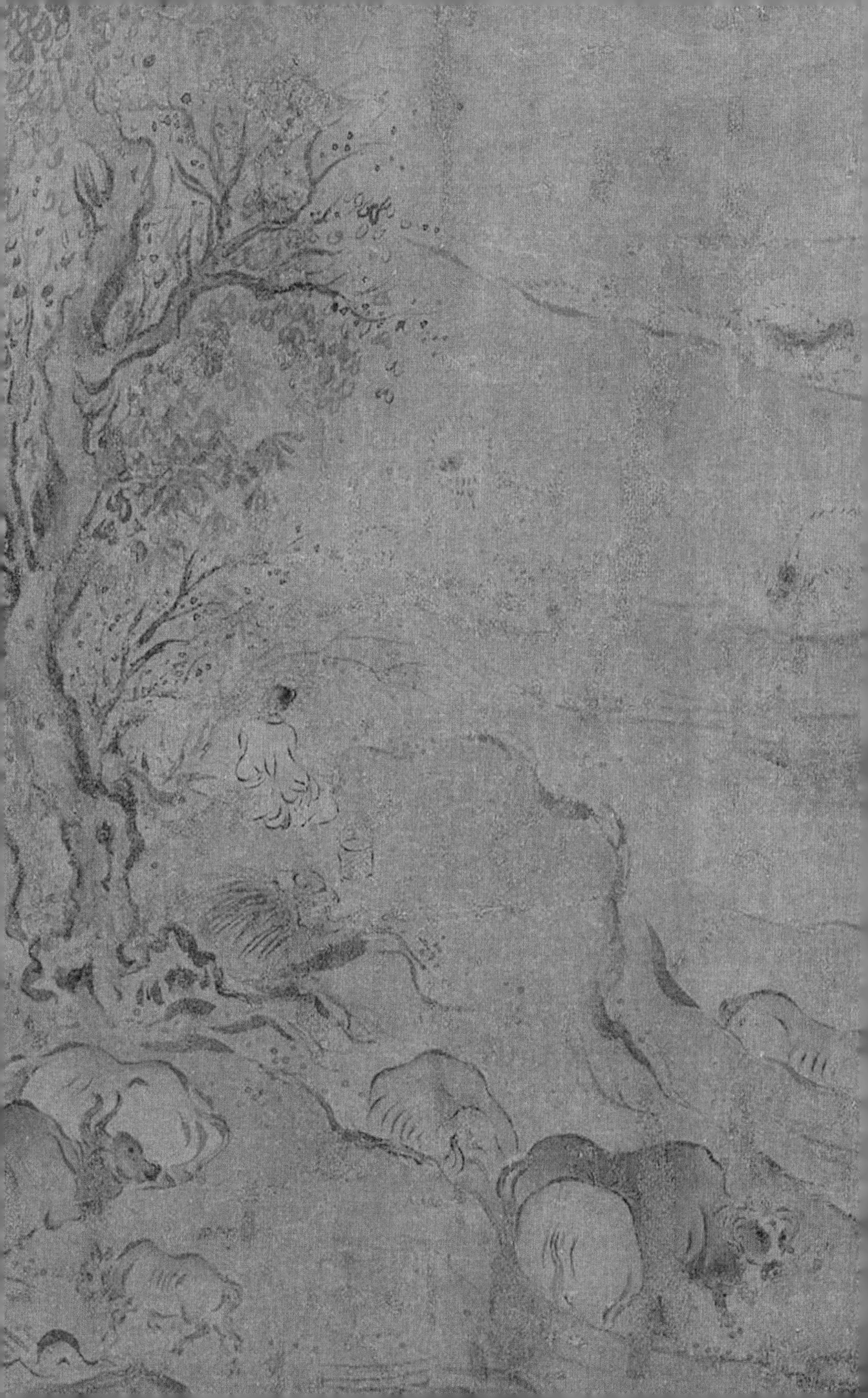

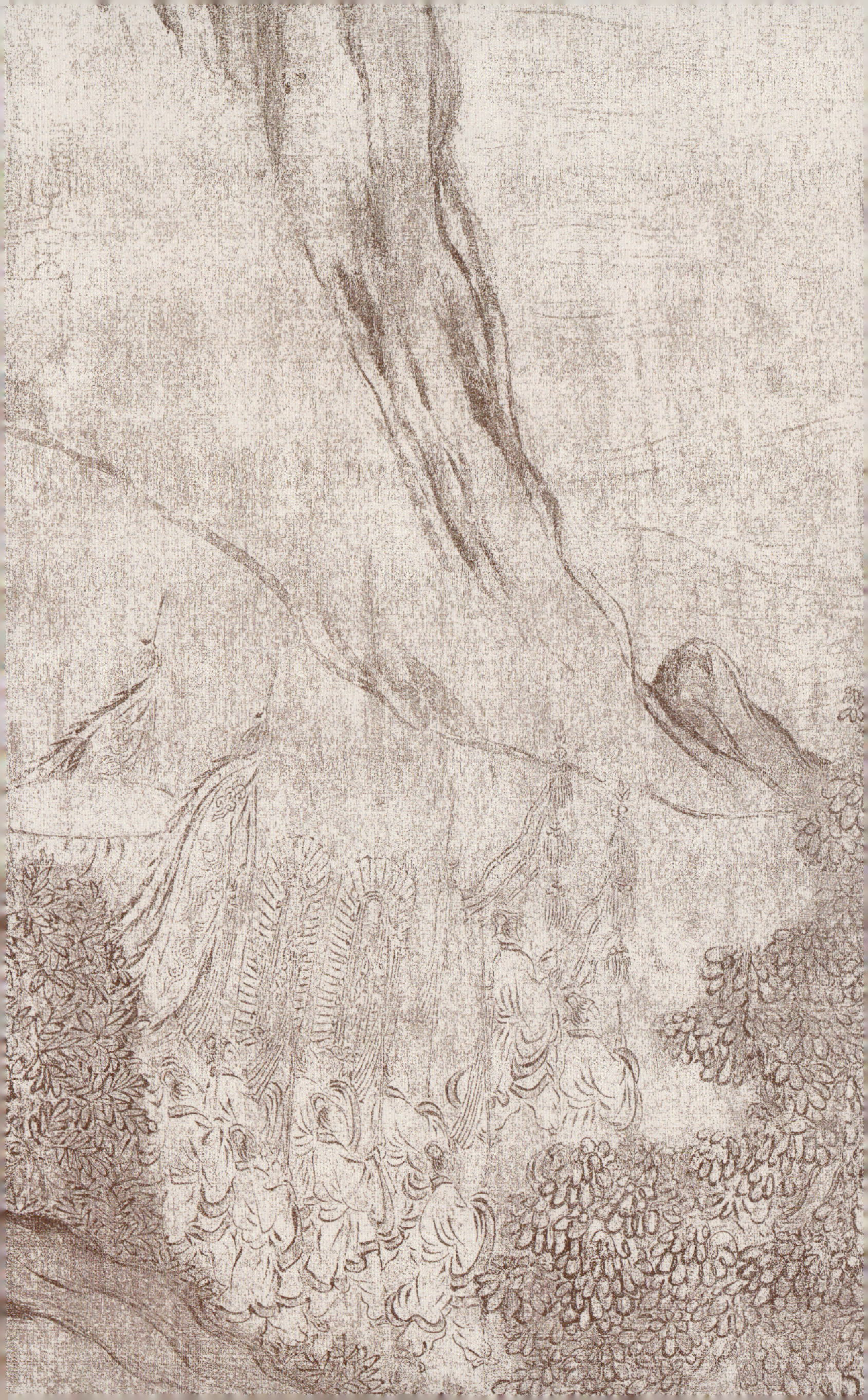

颂

颂者,宗庙之乐歌,《大序》所谓"美盛德之形容,以其成功告于神明者也"。盖"颂"与"容",古字通用,故《序》以此言之。《周颂》三十一篇,多周公所定,而亦或有康王以后之诗。《鲁颂》四篇,《商颂》五篇,因亦以类附焉。

闵予小子

闵予小子，遭家不造，嬛嬛在疚①。
於乎皇考，永世克孝②。
念兹皇祖，陟降庭止③。
维予小子，夙夜敬止。
於乎皇王，继序思不忘④。

① 闵：通"悯"，可怜。
予小子：成王自称。
不造：不幸。
嬛嬛（qióngqióng）：通"茕茕"，孤独貌。
疚：忧伤。
② 於乎：呜呼。 皇考：指武王。 克：能。
③ 皇祖：指周文王。 陟（zhì）降：升降。
④ 序：通"绪"。继序，即继承事业。

《毛诗序》——
"《闵予小子》，嗣王朝于庙也。"

朱熹《诗集传》——
"赋也。成王免丧，始朝于先王之庙，而作此诗也。"

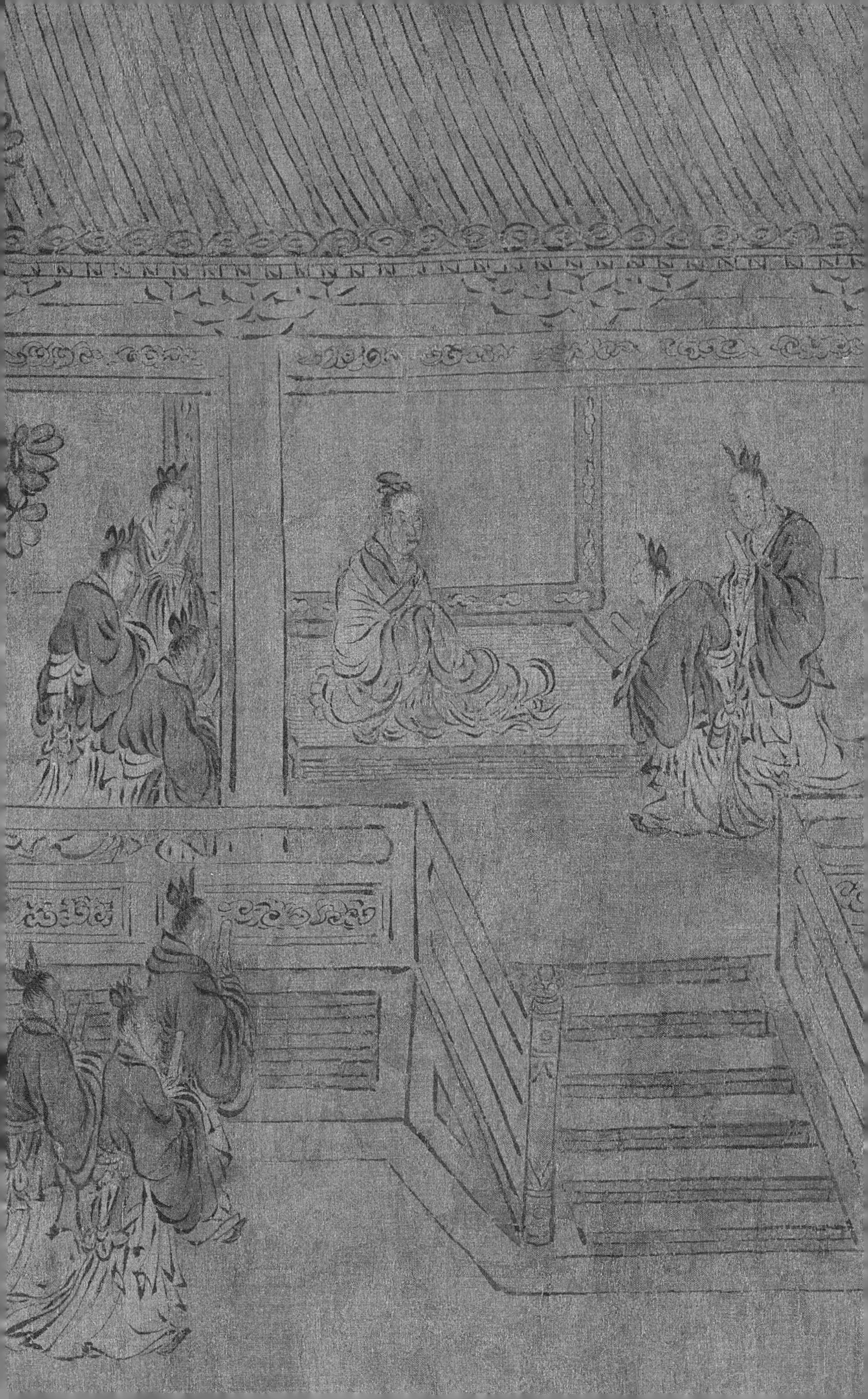

訪落

访予落止,率时昭考①。
於乎悠哉,朕未有艾②。
将予就之,继犹判涣③。
维予小子,未堪家多难。
绍庭上下,陟降厥家④。
休矣皇考,以保明其身⑤。

① 访:商讨、谋划。 落:始。 止:语助词。
　 率:遵循。 时:是。 昭考:指武王。
② 悠:远。 艾:阅历。
③ 将:助。 就:接近。 继犹:继续谋划。
　 判涣:分散。一说为"大"。
④ 绍:继承。 陟(zhì)降厥家:指任免群臣。
⑤ 休:美。 皇考:指武王。

《毛诗序》——
"《访落》,嗣王谋于庙也。"

朱熹《诗集传》——
"成王既朝于庙,因作此诗,以道延访群臣之意。言我将谋之于始,以循我昭考武王之道。然而其道远矣,予不能及也。将使予勉强以就之,而所以继之者,犹恐其判涣而不合也。则亦继其上下于庭,陟降于家,庶几赖皇考之休,有以保明吾身而已矣。"

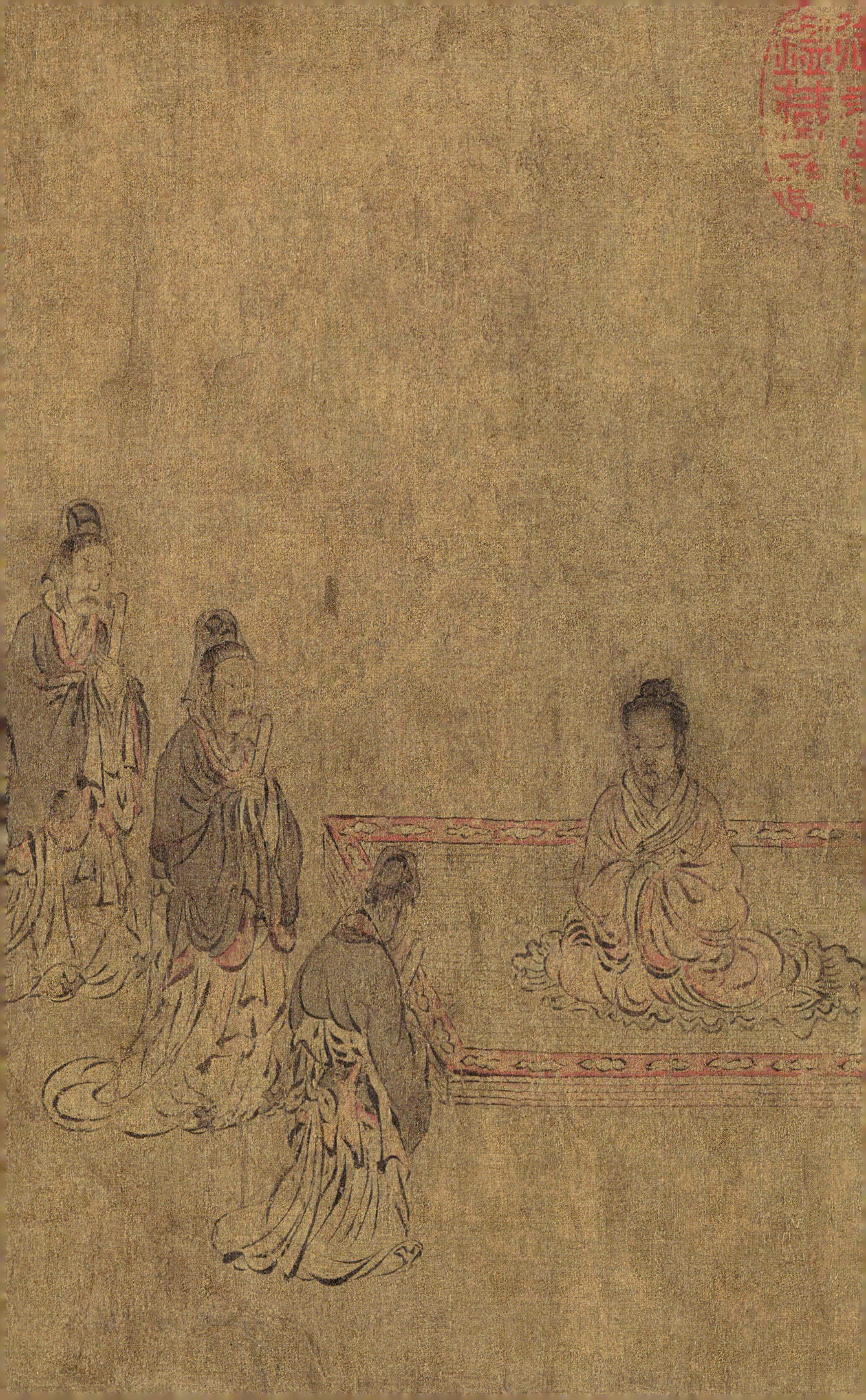

敬之

敬之敬之,天维显思,命不易哉①!
无曰高高在上,陟降厥士,日监在兹②。
维予小子,不聪敬止③。
日就月将,学有缉熙于光明④。
佛时仔肩,示我显德行⑤。

① 敬:警惕、谨慎。 之:语助词。
　 天维显:天理显明。 思:语助词。
② 监:监察。
③ 不、止:皆为语助词。
④ 就:成就。 将:长、进。
　 缉熙:指积累渐深广。
⑤ 佛:通"弼",辅助。
　 时:通"是"。 仔肩:责任。

《毛诗序》——
"《敬之》,群臣进戒嗣王也。"

朱熹《诗集传》——
"成王受群臣之戒,而述其言曰:敬之哉,敬之哉!天道甚明,其命不易保也。无谓其高而不吾察,当知其聪明明畏,常若陟降于吾之所为,而无日不临监于此者,不可以不敬也。"

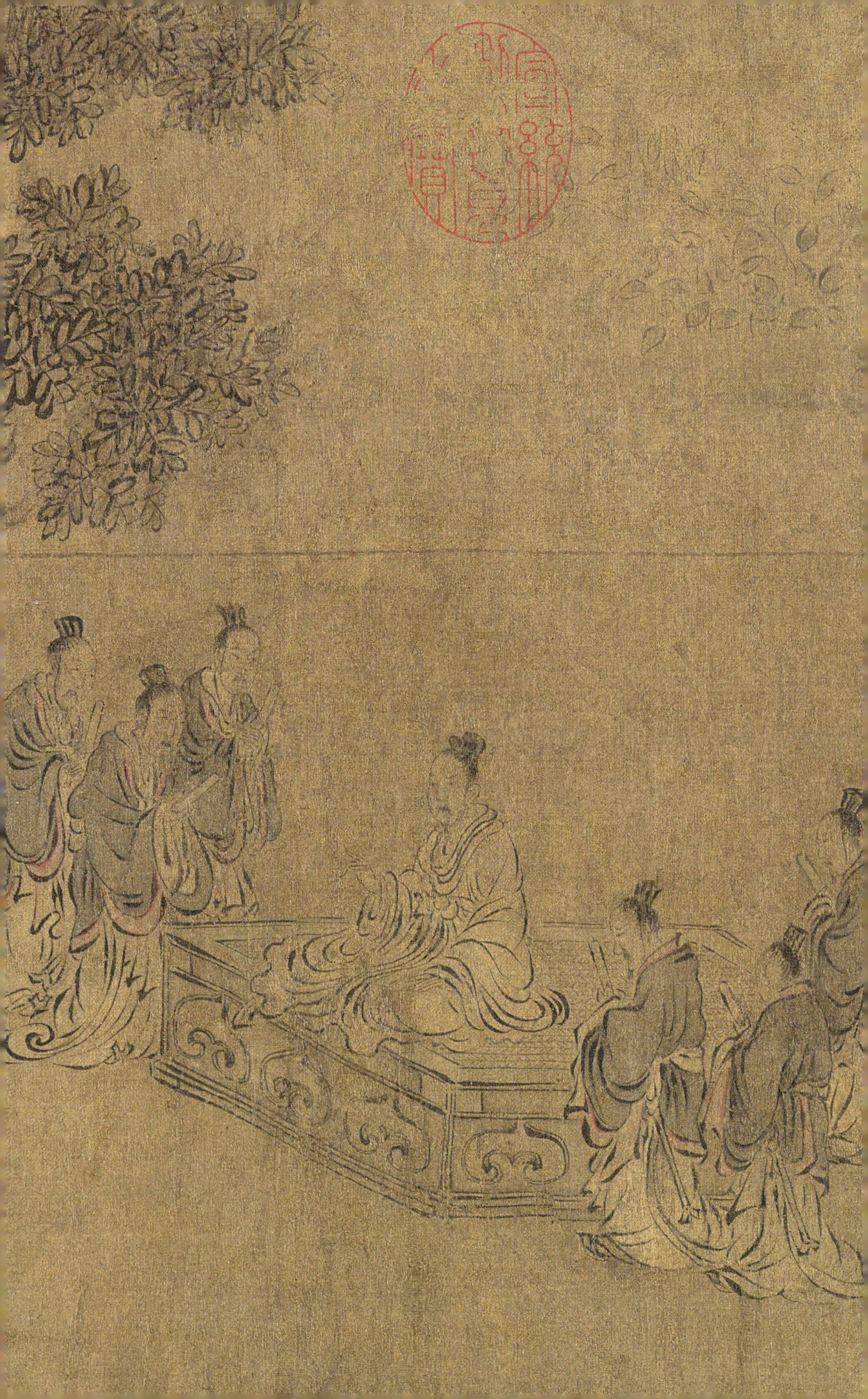

小毖

予其惩，而毖后患^①！
莫予荓蜂，自求辛螫^②。
肇允彼桃虫，拚飞维鸟^③。
未堪家多难，予又集于蓼^④。

① 惩：警戒。 毖（bì）：谨慎。
② 荓（píng）：使、动。
   螫（shì）："赦"的假借字，辛劳。
③ 肇：始。 允：信。
   桃虫：鹪鹩，一种体型极小的鸟。
   拚飞：翻飞。
④ 蓼（liǎo）：植物名，味苦，常用以比喻困境。

《毛诗序》——
"《小毖》，嗣王求助也。"

朱熹《诗集传》——
"此亦访落之意。成王自言，予何所惩而谨后患乎？荓蜂而得辛螫，信桃虫而不知其能为大鸟，此其所当惩者。盖指管、蔡之事也。然我方幼冲，未堪多难，而又集于辛苦之地，群臣奈何舍我而弗助哉？"

载芟

载芟载柞,其耕泽泽①。

千耦其耘,徂隰徂畛②。

侯主侯伯,侯亚侯旅,侯彊侯以③。

有嗿其馌,思媚其妇,有依其士④。

有略其耜,俶载南亩⑤。

播厥百谷,实函斯活⑥。

驿驿其达,有厌其杰⑦。

厌厌其苗,绵绵其麃⑧。

① 载:开始。 芟(shān):除草。
  柞(zé):伐木。 泽泽(shìshì):指松土。
② 耦(ǒu):两人并耕为"耦"。 耘(yún):除草。
  徂(cú):往。 隰(xí):低洼的湿地。
  畛(zhěn):田间小路。
③ 侯:语助词。 主:家长。
  伯:长子。 亚:次子。
  旅:众晚辈。
  彊(qiáng):指强壮的人。 以:雇工。
④ 嗿(tǎn):众人食饮声。
  馌(yè):送到田间的饭食。
  思:语助词。 媚:美。 依:壮盛。
⑤ 略:锋利。 耜(sì):古代一种类似犁的农具。
  俶(chù):始。 载:翻草。
⑥ 实:种子。 函:通"含"。 活:生机。
⑦ 驿驿:接连不断。 达:指出土。
  有厌:美好貌。 其杰:指出土的壮苗。
⑧ 厌厌:禾苗整齐茁壮貌。 麃(biāo):指谷穗。

载获济济，有实其积，万亿及秭⁹。

为酒为醴，烝畀祖妣，以洽百礼⑩。

有飶其香，邦家之光⑪。

有椒其馨，胡考之宁⑫。

匪且有且，匪今斯今，振古如兹⑬。

⑨ 济济：众多貌。　积：堆积。
　　万亿及秭：数量单位，比喻粮食多。
⑩ 醴（lǐ）：甜酒。　烝（zhēng）：献。
　　畀（bì）：给予。　祖妣（bǐ）：祖先。
⑪ 飶（bì）：指食物香气。
⑫ 椒：形容香味。　胡考：长寿，指老人。
⑬ 匪：通"非"。　且：此。　振古：自古。

《毛诗序》——
"《载芟》，春籍田而祈社稷也。"

朱熹《诗集传》——
"此诗未详所用，然辞意与《丰年》相似，其用应亦不殊。"

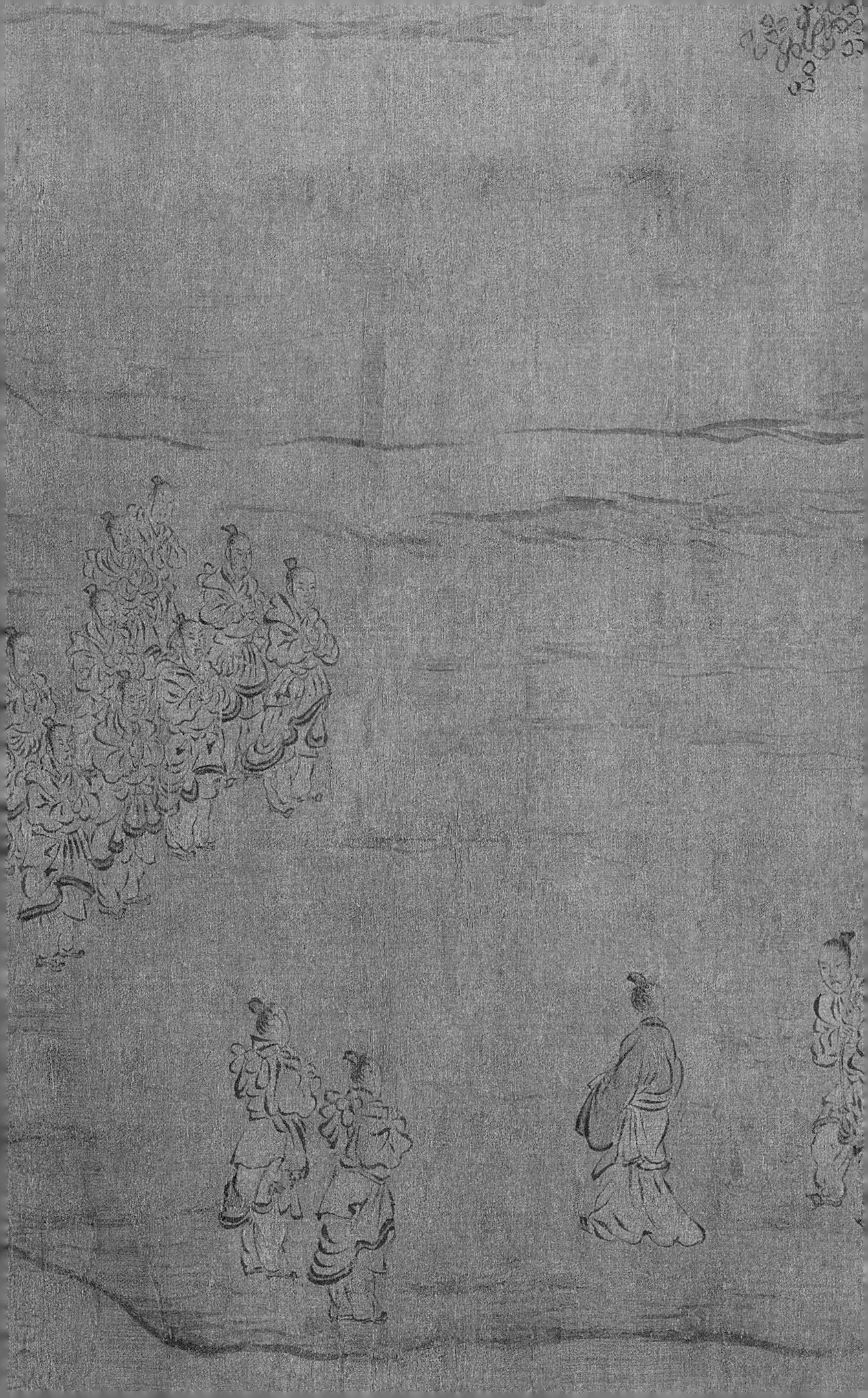

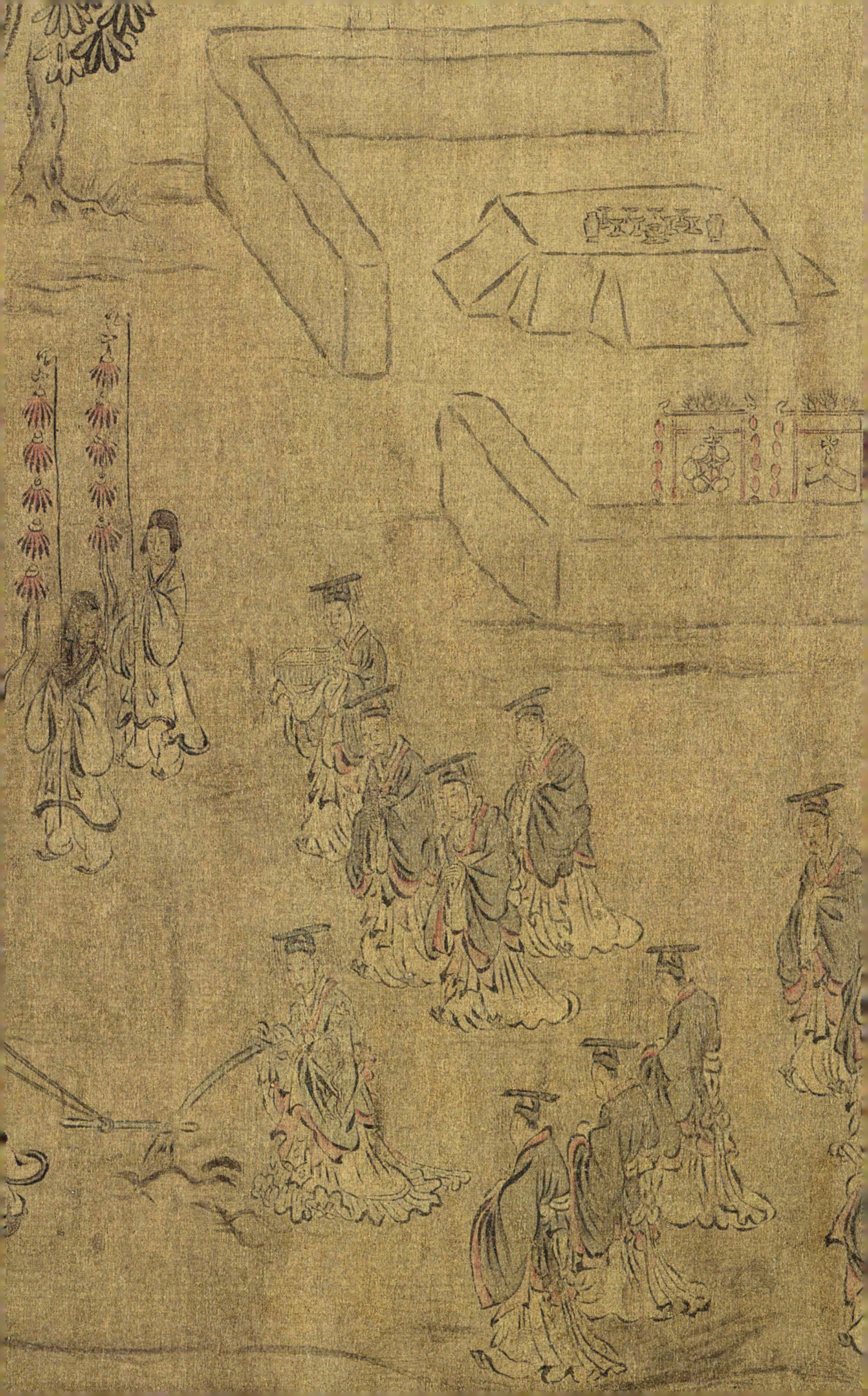

良耜

畟畟良耜，俶载南亩①。
播厥百谷，实函斯活②。
或来瞻女，载筐及筥，其饷伊黍③。
其笠伊纠，其镈斯赵④。
以薅荼蓼，荼蓼朽止⑤。
黍稷茂止，获之挃挃⑥。
积之栗栗，其崇如墉，其比如栉⑦。
以开百室，百室盈止，妇子宁止⑧。
杀时犉牡，有捄其角⑨。
以似以续，续古之人⑩。

① 畟畟（cècè）：形容耜锋利。
　耜（sì）：古代一种类似犁的农具。
　俶（chù）：始。　载：翻草。
② 实：种子。　函：通"含"。　活：生机。
③ 饷（xiǎng）：指送饭。　黍：黍子做的饭食。
④ 纠：指用草绳编织。　镈（bó）：农具名。　赵：通"掉"。
⑤ 薅（hāo）：除草。　荼蓼（tú liǎo）：两种野草名。
　朽：腐烂。
⑥ 挃挃（zhìzhì）：收割庄稼的声音。
⑦ 崇：高。　墉（yōng）：城墙。　比：排列。
　栉（zhì）：篦梳。
⑧ 室：粮仓。
⑨ 犉（chún）：大公牛。　捄（qiú）：形容牛角长而弯曲。
⑩ 似：通"嗣"，续。

《毛诗序》——
"《良耜》，秋报社稷也。"

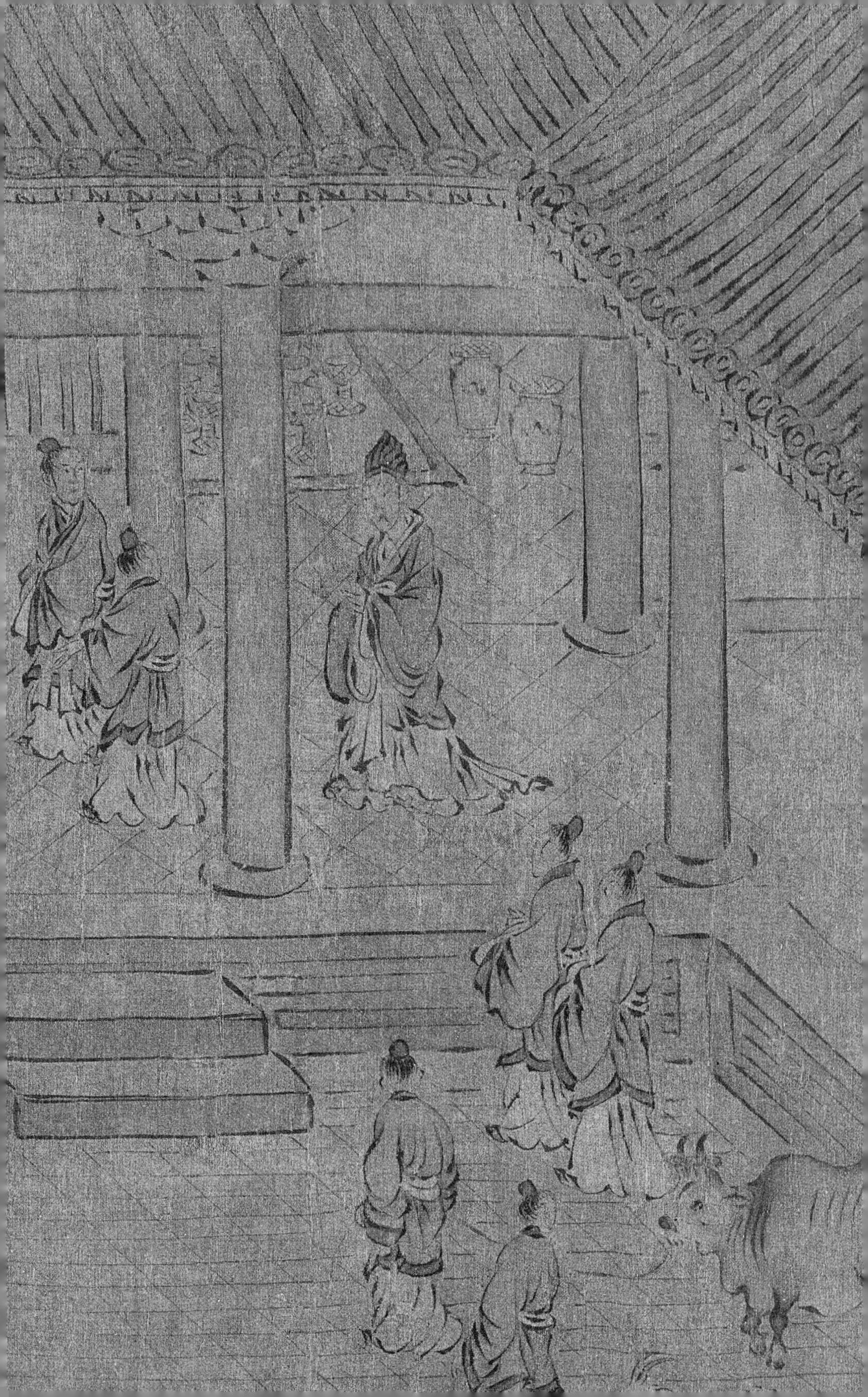

丝衣

丝衣其紑，载弁俅俅①。
自堂徂基，自羊徂牛②。
鼐鼎及鼒，兕觥其觩，旨酒思柔③。
不吴不敖，胡考之休④！

① 丝衣：受祭的神尸所穿的丝质衣服。紑（fóu）：洁白鲜明貌。载：通"戴"。弁（biàn）：皮帽。俅俅（qiúqiú）：美貌。一说恭顺。
② 堂：庙堂。徂（cú）：往。基：通"畿"，门槛。
③ 鼐（nài）：大鼎。鼒（zī）：小鼎。兕觥（sì gōng）：牛角做的酒器。觩（qiú）：指兕觥弯曲状。旨酒：美酒。柔：指酒味柔和。
④ 吴：喧哗。敖：通"傲"。胡考：长寿。休：好。

《毛诗序》——
"《丝衣》，绎宾尸也。高子曰：'灵星之尸也。'"

朱熹《诗集传》——
"此亦祭而饮酒之诗。言此服丝衣爵弁之人，升门堂，视壶濯笾豆之属，降往于基，告濯具。又视牲，从羊至牛，反告充。已乃举鼎幂告洁，礼之次也。又能谨其威仪，不喧哗，不怠傲，故能得寿考之福。"

酌

於铄王师,遵养时晦①。
时纯熙矣,是用大介②。
我龙受之,蹻蹻王之造③。
载用有嗣,实维尔公允师④。

① 於(wū):叹词。 铄(shuò):通"烁"。
  遵养时晦:即遵时养晦。
② 纯:大。 熙:光明。
  是用:是以。 介:善、祥。
③ 龙:光荣。
  蹻蹻(jiǎojiǎo):勇武貌。 造:成就。
④ 载:乃。 嗣:继承。 实:是。
  尔:你,指武王。
  公:通"功"。一说为周公、召公。
  师:师法、效法。

《毛诗序》——
"《酌》,告成《大武》也。言能酌先祖之道,以养天下也。"

朱熹《诗集传》——
"此亦颂武王之诗。言其初有於铄之师而不用,退自循养,与时皆晦。既纯光矣,然后一戎衣而天下大定。后人于是宠而受此蹻蹻然王者之功。其所以嗣之者,亦惟武王之事是师尔。"

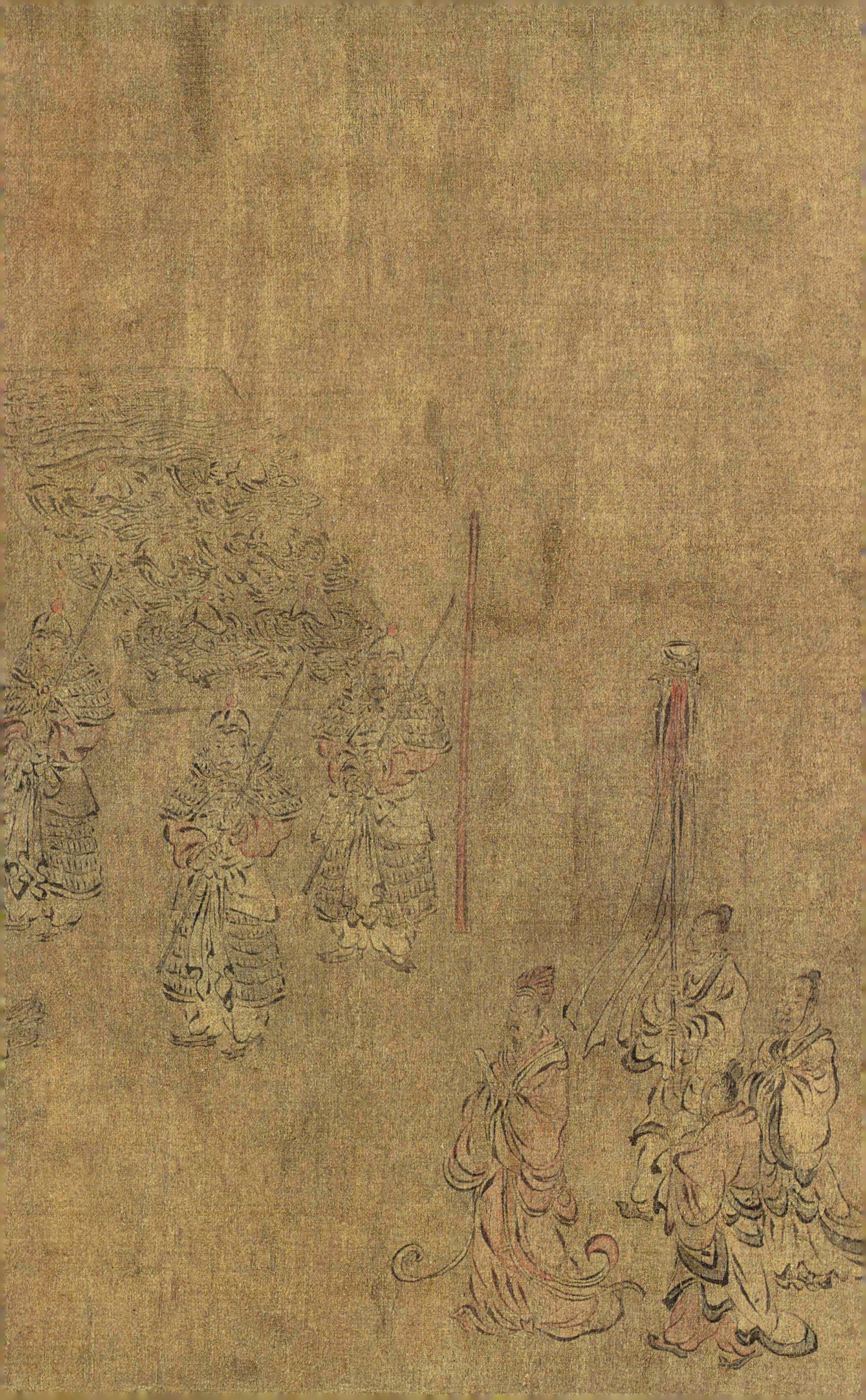

桓
（桓）

绥万邦，娄丰年，天命匪解①。
桓桓武王，保有厥士②。
于以四方，克定厥家③。
於昭于天，皇以间之④。

① 绥：安平。 娄：同"屡"。
  匪解：即"非懈"，不懈怠。
② 桓桓：威武貌。 士：传为"土"之误字。
③ 以：有。 克：能。 家：指国家。
④ 於（wū）：叹词。 间：代替。 之：指商纣。

《毛诗序》——
"《桓》，讲武类祃也。桓，武志也。"

朱熹《诗集传》——
"武王克商，则除害以安天下，故屡获丰年之祥。……故此桓桓之武王，保有其士，而用之于四方，以定其家，其德上昭于天也。"

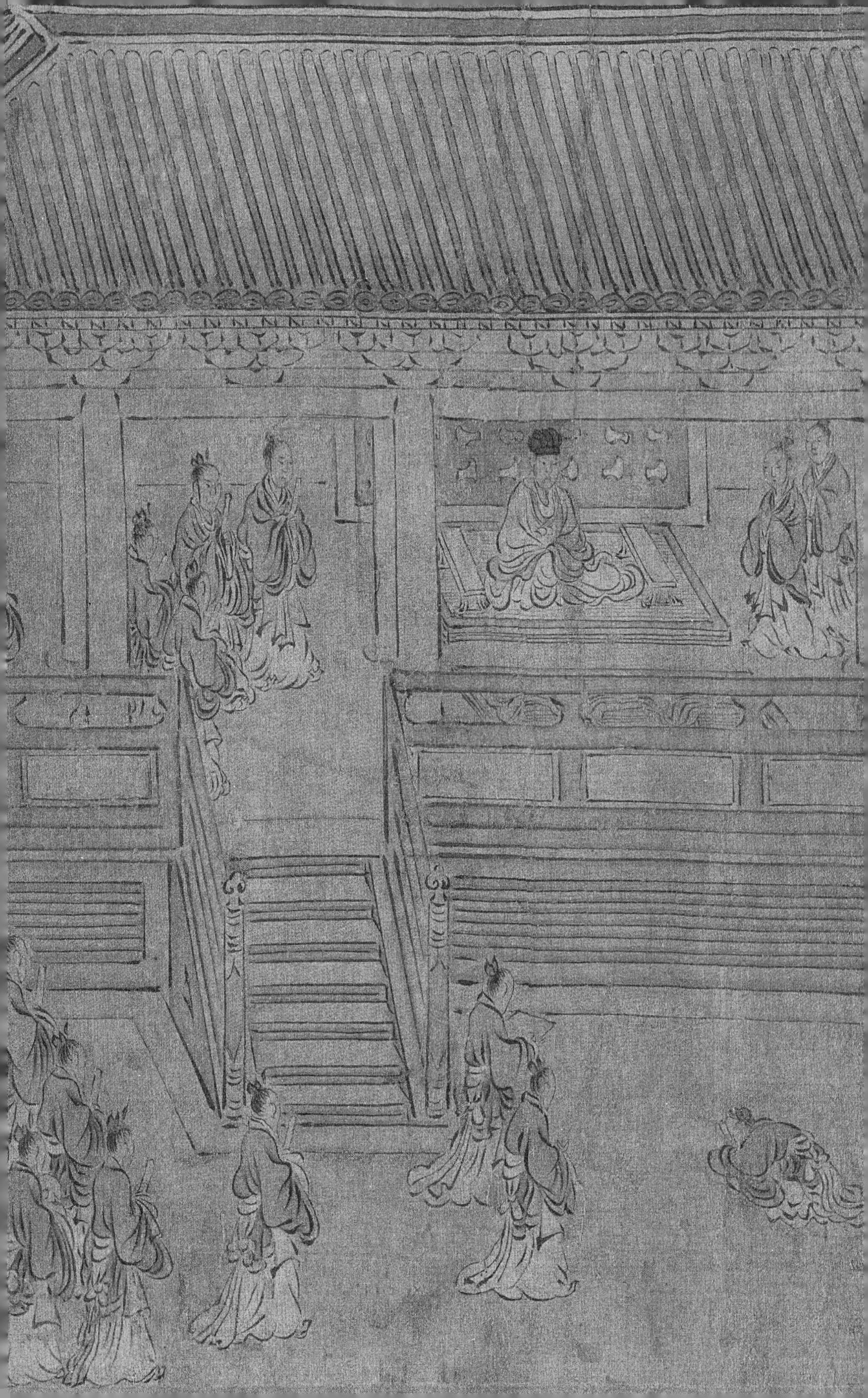

赉

文王既勤止,我应受之①。
敷时绎思,我徂维求定②。
时周之命,於绎思③。

① 既:尽。 勤:勤劳。
　 止:语助词。 我:周武王自称。
② 敷:布施。 时:是。
　 绎(yì):理出头绪。
　 思:语助词。 徂(cú):往。
　 定:指平定天下。
③ 时:是。一说为承命之意。
　 於(wū):叹词。

《毛诗序》——
"《赉》,大封于庙也。赉,予也,言所以锡予善人也。"

朱熹《诗集传》——
"此颂文、武之功,而言其大封功臣之意也。"

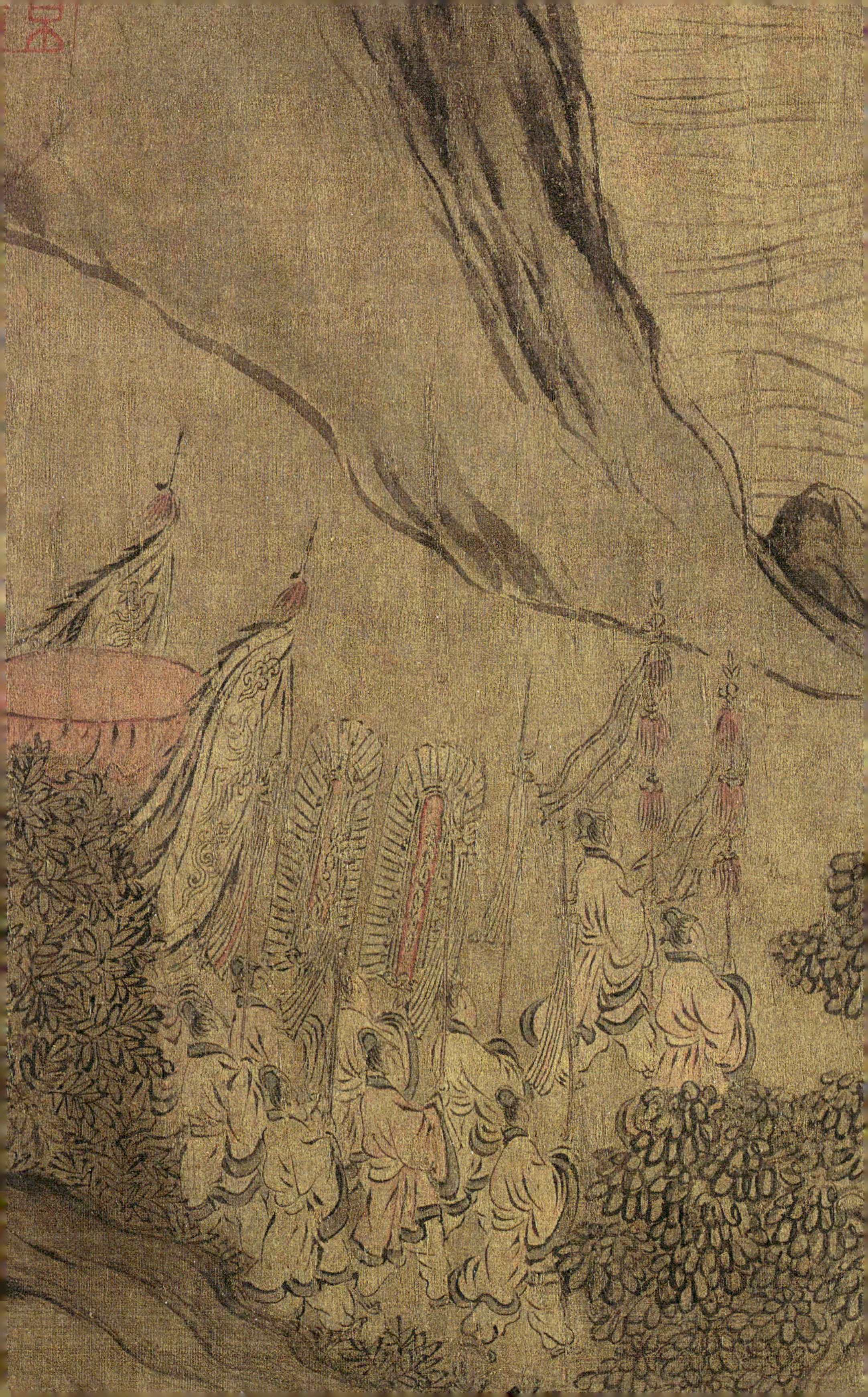

般

於皇时周，陟其高山^①。
隋山乔岳，允犹翕河^②。
敷天之下，裒时之对，时周之命^③。

① 於（wū）：叹词。 时：是。 陟：登上。
② 隋（duò）：小山。 乔岳：高山。
　 翕（xī）：合。此处指合祭。
③ 裒（póu）：聚集。 对：配。此处指配祭。

《毛诗序》——
"《般》，巡守而祀四岳河海也。"

朱熹《诗集传》——
"言美哉此周也。其巡守而登此山以柴望，又道于河以周四岳。凡以敷天之下，莫不有望于我，故聚而朝之方岳之下，以答其意耳。"

图书在版编目（CIP）数据

诗经选：名画插图版 / 时光编 . -- 上海：东方出版中心, 2025.1. -- ISBN 978-7-5473-2650-3

I . I222.2

中国国家版本馆 CIP 数据核字第 2024FC8938 号

诗经选：名画插图版

编　　者	时　光
出　　品	东方出版中心北京分社
策划统筹	范　斐　曾孜荣
责任编辑	范　斐
营销发行	柴清泉　周　然
责任校对	汤梦焊　温宝旭
特邀编辑	孔维珉
封面设计	王海鲸
排版制作	天津裕同印刷有限公司

出 版 人	陈义望
出版发行	东方出版中心
地　　址	上海市仙霞路 345 号
邮政编码	200336
电　　话	021-62417400
印 刷 者	天津裕同印刷有限公司

开　　本	710mm×1000mm　1/16
印　　张	10.5
字　　数	130 千字
版　　次	2025 年 1 月第 1 版
印　　次	2025 年 1 月第 1 次印刷
定　　价	78.00 元

版权所有　侵权必究

如图书有印装质量问题，请寄回本社出版部调换或拨打021-62597596联系。